アスベストス

佐伯一麦

ASBESTOS

KAZUMI SAEKI

文藝春秋

目次

アスベストス（asbestos）

石綿、アスベスト。

天然に産する繊維状鉱物の総称。主成分が珪酸マグネシウムからなる蛇紋《じゃもん》岩《がん》系のクリソタイルと角閃石《かくせんせき》系のクロシドライト、アモサイトなどがある。

アスベストの語源はギリシア語で、直訳すれば「消滅することのない」、つまり永久不滅の物質という意味である。

せき

茶を啜りながらカウンターの隅に置いてあるテレビで大相撲中継を見ていると、店先の青い暖簾を割って、硝子戸ごしに覗き込む人影が立った。

これから大関の取組に入るが、二人横綱の片方が故国へ療養に帰って休場しているために、いま一つ盛り上がりに欠けている場所だと、やきとん屋の店主の良雄は溜息をついたところだった。

「もうやってますか?」

戸を細目に開けて、度の強そうな黒縁の眼鏡にまだ着慣れていない風の黒いスーツ姿の若者が訊いた。

何が入っているのか、肩から黒い大きな鞄を提げている。はじめて見る顔だった。

在来線の駅前といっても、ドーナッツ化現象とやらで、この夕刻の時間ならバイパス沿いの大型ショッピングセンターは渋滞を起こすほど車でやってくる客で賑わってい るだろうが、商業地としての地位をすっかり奪われてマンションとアパートばかりが立ち並ぶ住宅地と化してひっそり閑としている。

この店に、常連客以外が顔を見せることは滅多になかった。

「ああ、どうぞ」

休んでいたカウンターの椅子から、湯飲み茶碗を手にカウンターの中へと向かいながら、良雄は迎え入れた。

店は、主に年配の客相手に、午後四時から開けている。九年前に店を構えた当初は、ふつうの居酒屋同様に午後六時開店にしていたが、常連になった客から、待ちきれないからもっと早くから開けて欲しいという声が多くて、応じることにした。

定年を迎えた人の時間は、サラリーマンよりも二時間ほど早いと見える。今日も口開け早々に、高齢者事業団の仕事をしている六十代の三人連れが訪れて、カラオケをやりながらお通しだけをつまみにして、焼酎のホッピー割りを一時間ほど飲んでいった。皆揃いで、ジャージの上にたくさんポケットの付いたベストを着て野球帽をかぶっており、ナップザックも背負っている、という出で立ちだった。

その第一陣の人波が去って、良雄は小休憩していた。カウンターの中で丸椅子に腰掛けて女性週刊誌を読んでいた女房も、いらっしゃいませ、と挨拶をして立ち上がった。やきとんを焼くのだけは良雄だが、ほかの家庭料理風のメニューを作るのは一切女房の方だ。その分、飲み物を運ぶのと、カラオケの操作は、良雄が受け持っている。

「あのォ……、ここで須永さんと待ち合わせてるんですけど」

と、客は突っ立ったまま言った。

一昨日の夜に、東北のこの地には初雪が降って急に冷え込みが強くなり、コート無しの恰好がいかにも寒そうに見えた。店の雰囲気に戸惑っているのか、それともこの手の店にはあまり足を運んだことはないのか、気後れしているような色があった。

「ああそう、スーさんとね。どうぞどうぞ、どこでも好きなところに座って」

待ち合わせだと聞いて、良雄は合点がいった。客も待ち合わせに指定されたのがこの店で間違いないとわかって、ホッとしたような顔つきになった。

愛称スーさんこと須永さんは、三日にあげず通って来てはカラオケを唄っていく馴染み客だ。小柄だが声量があって、少し甲高い張りのある声で唄う春日八郎や小林旭などは玄人はだしだった。二年前まで小さな印刷会社にいたので、店の名刺やメニューなどもパソコンで気軽に作ってくれた。

客は、椅子が六つ置いてあるカウンター席に四人座れる小上がり一つの狭い店内を眺めて、どこに座ろうかと少し迷っていた。二人になるんだったら小上がりのほうが、と良雄はすすめたが、結局カウンターの一番手前に遠慮がちに腰かけた。持ち帰りのやきとんを待っているときの子供のようだった。黒い鞄を足下の床に置こうとするので、ああ、上に置いてください、と良雄は小上がりの方を顎でしゃくった。

「先に少しやってますか」

「いえいえ、須永さんが来てからで」

客は生真面目にかぶりを振った。焼き台に火を入れようとした良雄は、少し拍子抜けした。仕方なく、女房に茶を淹れさせた。

「やっぱり東北は寒いですね」

湯飲み茶碗を両手で囲い持つようにして客が言った。

「あれっ、お客さんどちらから?」

「東京です」

「へえ、東京のお客さん。珍しいこと!」

と女房が奥から声を張り上げた。

「新幹線を降りてひと駅来ただけなのに、すっかり感じが違うんで驚きました」

「でしょう。このへんは駅前だっていうのにこんなさびれてて、すっかり田舎でしょう。それに窪地の吹きっさらしだから、風も冷たくてね」

「ええ、まあ……」

女房の言葉に返答に困っている様子の客が、気弱そうに目をしばたたかせてうつむいた。

所在なげに店内を見回している客を窺い見ながら、スーさんとはどんな関係なんだろう、と手持ち無沙汰なままの良雄は気にかかったが、遠慮して聞かずにいた。

テレビのニュース画面に大写しになった須永さんに良雄が目を見張ったのは、去年の秋のことだった。それは、いつものように、夕方の小休憩の間にだったから、その時期は大相撲がなかったのだろう。

——あれっ、スーさんじゃねえか？　ほらちょっと来てみろよ。

さっそく女房に教えると、カウンターの中から駆け寄ってきて、あれー、ほんとだ、と声を弾ませた。白いYシャツに芥子色のジャケットを羽織り、頭にはハンチングをかぶっている、こざっぱりした姿の須永さんは、店で見るのとはちがう真剣な表情でカメラに向かって話をしていた。

何のことかすぐにはわからなかったが、どうやらこの街で、アスベストについての会が結成されたというニュースらしい、としだいに良雄は察した。

一昨年あたりから、ときどきアスベストという言葉をニュースなどで聞くようになったが、最初のうちは、横文字のそれが何を指すのかわからずにいた。それが、石綿のことだと知って、何だ、学校の理科の実験のときにビーカーを載せてアルコールランプで熱するのに使った石綿金網に付いていたあれか、と納得した。体育館の天井にも、それらしい白っぽいものが光っていたような記憶もある。

——アスベストって、何だか肺癌になったりするっていう怖いやつよね。

テレビはすぐにちがう話題に変わってしまい、女房が言った。

——ああ、でも騒いでるのは関西の方だけだろう。こっちでは聞いたことないよなあ。

そのアスベストとやらと、須永さんがなぜ関係があるのだろう、と良雄は訝しがった。その前日も、スーさんは店にやってきて、十枚綴りで割安になっているカラオケ・チケットを一晩できっちり使い切って唄っていった。

——スーさん、子供の頃、東京に住んでたっていうから、そこで親か兄弟でもアスベストを吸って病気になったんじゃねえか。

――そうね。まさかスーさん本人がそんな大変な病気だなんてはずはないもんね。

――そりゃあそうだよ。

良雄と女房は笑いながら頷き合った。ジョギングの趣味が高じて全国各地のマラソン大会に参加した話も、酔ったスーさんから何度も聞かされていた。

数日後に、須永さんが店にやって来たときに、さっそく良雄がテレビで見たことを話すと、

――おれ有名人だからよ。

スーさんは茶目っ気たっぷりに言い、それを聞きつけた常連客が、

――スーさん、テレビなんかに出て、すっかり芸能人なんだね。どうりで唄がうまいわけだ。

とからかって、笑いに取り紛れてしまった。

一度、銀行に勤めている客にも、須永さんをテレビのニュースで見たことを話すと、

――ああ、スーさんは、ずっと労働組合の活動をバリバリにやってたっていうから。そっちの関係で支援してるんじゃないの。

と小声で耳に入れられて、ああ、そういうことか、と良雄は納得した。店には、零細ながら社長も従業員も、さまざまな客が訪れるから、その手の小難しい話はなるべ

く願い下げだった。……

「今日は東北でもアスベストの被害が出ているということで、地元で患者と家族の会に関わっておられる須永さんに話をお伺いしたいのですが……。まず、あのう、現在ご自身の治療の方はいかがですか？」

「一回、放射線治療が終わったから、来週ＣＴ撮って、それを踏まえて、今後どうするか医者と相談すんのさ」

「えーと……、前にインタビューを受けられたときの記事を見ると、聴診器を当てられて、片側の肺からまったく音が聞こえないって言われたそうですけれど、それまで、自覚症状とかはなかったんですか？」

「いや、まったくなかったわけじゃない。一昨年の春頃から、風邪でもないのにやけに喉がトゲトゲするのさ。水分で潤してやればよくなるんで、かといってコーヒーは何杯も飲んでらんないから、カップにお湯入れて、仕事中にちびちび飲んでたの。それで、秋になって息苦しさを感じるようになったんだけど、暖かい日に薄着でバイクに乗って出かけたりしたからだと思ってたの。そしたら、ある日寝てるときに、肝臓の上の方で、ぐじゅぐじゅっていう音が来たのさ」

「ぐじゅぐじゅ、ですか?」

「胃だったら腹減ったときにぐぐーってなるけど、あれと違うのさ。ぐじゅぐじゅぐじゅぐじゅ……。寝てるときに身体の右側を下にすると咳き込みがひどくて。逆にすると治まるんだよ。仕事をしていても、パソコンからコピー機までプリントしたのを取りに行くのに腰が立たなくなって。いまにして思えば、その頃から右の肺に水が溜まってたのさ。水が重たくて、内臓が下がって腰に来てた。でもそのときはまだ、昔リュウマチで腰痛めたことがあったから、そのせいかと思ってたのさ」

ほかに客の姿はなく、カラオケの音もないので、カウンターの中にいる良雄のところにも、小上がりで向かい合っている二人の話が聞こえてきた。女房のほうへ目を向けると、頷きながら目を合わせてきた。スーさん本人が重い病気にかかってたんだね、とその目が言っていた。

——一本乗りそこねてしまったって、菊池さんったら、寒いホームでふるえてたよ。

と言いながらスーさんは姿を現した。菊池さんは、一時間ほど前まで飲んでいた三人の客の一人で、彼だけが反対側の電車で帰る。

お待たせしまして、と須永さんに声をかけられて、若い客はかしこまって初対面の挨拶をした。今日は、何だか取材で話を聞きたいっていうもんだから、小上がりをいいかな、と須永さんが少し照れたように良雄に言った。それから、

——若いんだから、ここのやきとん喰ってせいぜい精つけていきなよ。わざわざ遠いところを来てくれたんだ、今日は飲み放題食い放題だから勘定はまかせておきな。

と請け合った。

——それとスーさん、唄い放題もでしょ。

良雄が混ぜっ返すと、そういうこと、まあ話の後ででも、とスーさんは応じた。若い客はその間もずっと恐れ入っていた。

最初にビールを運んだときに、良雄が、テーブルに置かれたままの名刺を何気なく見遣ると、名前の横に〈環境タイムス　記者〉と書かれてあった。新米記者だと素性の知れた若い客は、大きな黒い鞄から、資料の束や本をどっさりと取り出してテーブルの上に積み上げた。それからデジタルカメラと、テープレコーダーよりもずっと小さい録音機らしきものも。

——まず写真を撮らせていただいてよろしいですか。

——ああそうだね、みんなが来てからだと冷やかされるから、その方がいいさね。

ここで写真撮ってもかまいませんでしょうか、と若い記者に律儀に訊ねられて、あ

あどうぞどうぞ、別に減るもんじゃないですから、と良雄は答えた。……

「で、ね。その頃から、家族の者には、医者いけ、医者いけ、って言われてたんだけど、年末になってたからね。病院行ったら即入院て言われる気がしたから、延ばし延ばしにしててさ。結局、年が明けてすぐに病院の呼吸器科を受診したのさ。そうしたら、右の肺から音がしないって言われて、そのまま入院したの」

「えーと、それでアスベストによる中皮腫と診断されたんですか」

「ああ、この病気は治らない。余命一年って、はっきり言われたさ」

病名などよくわからないところもあったが、余命一年と聞いて、良雄はぎくっとした。もうもうと煙を上げているやきとんの焼き台から顔を上げて思わず見遣ったスーさんが、急にちがった人になってしまったように映った。

「……それからですね、クボタショックのときは、須永さんはどんな感想を持たれましたか？」

若い記者も面と向かって言われて戸惑った様子だったが、気を取り直すようにノートをめくり話題を変えた。

「あれ、まるっきり他人事だよ。一昨年のまだ六月だもん。東北での被害も聞いたことがなければ、自分の肺に水溜まってるなんてわかんないでいたから。組合の一人の人間として、アスベストの被害者たちを応援しなきゃいけないというのがあっただけで。だからね、人間の生き様って面白いよ。お笑いだからほんとに。あんたもそれをちゃんと記憶しといた方がいいよ」

スーさんはからっとした口調で言い放った。

六時半を過ぎて、常連客たちが顔を見せ始めた。工場の倉庫係のアルバイトをしながら高齢者演劇の脚本を書いているキクさんと、金物屋を定年になってこの店の上のアパートに一人暮らししている田中さんとが、相次いで店に入ってきた。

「あれっ、スーさん。今日はずいぶん早いご出勤でねえの」

キクさんが、さっそくからかうように声をかけた。それから、「今日はほら、新曲のCDをしこたま仕入れてきたからさ」とぎっしりとふくらんだレコード店の包装袋を掲げて見せた。

キクさんは、いつもスーさんと競ってカラオケのノド自慢をしている客だ。週末の土、日は、カラオケの機械を点数が出るようにセットしてあり、高得点が出ると、店から景品を出す。また、七十五点ちょうどだと、二千円分の飲食券が当たるので、客たちは皆それをねらって唄うが、唄い慣れた曲だとそれよりも高得点になってしまうので、加減が難しい。CDが出たばかりの新曲に挑戦して、ちょうどそれぐらいになる。前回は、スーさんが七十五点を二度も出したのに、キクさんはオケラだったので、その悔しがりようといったら無かった。

「スーさんは今日は取材なんだって」

女房が声をひそめて言うと、

「何、ほんとうにスーさん、有名人じゃないのお」

とキクさんは口を尖らせるようにした。

いつも他人の唄を聴きながら静かに飲んでいる田中さんは、スーさんに会釈をして、カウンターの一番奥の指定席に着いた。

口にぎやかなキクさんも、さすがに遠慮しているのか、静かにCDのジャケットを眺めながら飲んでいる店内には、さっきよりも少し声をひそめた記者とスーさんのやりとりが続いている。良雄は、スーさんのさっきの言葉を聞いたときから、耳が離せない思いになっていた。

「……えーと、話が行ったり来たりして申し訳ないんですが、それで、須永さんがアスベストを吸ってしまったのは、電話工事をなさっていたときだそうですけど、そのときの状況は、例えばアスベストを見た感じだとか、吸ったときの感じだとかは

「……」

「それがねえ、まるで覚えてないのさ。何といっても四十年も昔のことだからねえ。こんな病気になって、アスベストが原因でしかかからないって医者にいわれて、そういえば十六から二十四、五の頃まで電話工事をしたなあって思い出して、交換機の機械の上に這いつくばって線をつないだりしているときに、空調のダクトに吹き付けられていたアスベストを吸ったんだろうということで労災の認定を受けたんだけどさ。それもその当時に一緒に働いていた同僚を何とか捜し当てて、アスベストのある現場で働いていたことを証言してもらえたから助かった。その後は、図面書くだけのきれいな仕事になって、三十前には電話の仕事は辞めて印刷所で働くようになったのさ」

「電話の配線って、あのう具体的にどんなことをやったんですか?」

「いまは光ファイバーとかデジタルとかになって、どうかわからないけどさ、俺が仕事をはじめた昭和三十九年っていうのは、高度成長期で電話の交換機が自動化するハシリだったのね。オリンピックの年で、それと同時にカラーテレビが出てきたでしょ。あれと同じように、電話も替わった。郵便局があるでしょ、そこに交換手がいて手動で交換してたの。ああ昔の郵便局では、電信電話も管轄してたから。そういうのを自動化するために、田んぼの真ん中に掘っ立て小屋の、この店ぐらいのプレハブを作って交換機を設置したり、それから農村なんかだと集落ごとに農村集団電話っていうのがあったんだけど」

知ってる？　というように、須永さんに顔を向けられた記者は、いや、知らないです、とかぶりを振った。

あの年では知らなくて当たり前だろう。フックボタンのところがピンク色で、電話機がつなげられている壁の灰色の箱がやけに大きなやつだった、と自分の五十二歳という年齢とともに良雄は思った。スーさんが若い頃に電話工事をしていた話は、良雄にも初耳だった。

「……まあ、それを集落三つか四つまとめてふつうのダイヤル式の電話にするとかね。俺たちがやっていたのは、結局は電電公社の孫請けだから、電電公社の何十万本とある回線を、五人くらいのグループで一ヶ月で何万本出来るかっていう勝負でさ。ひたすら線付けしていくの」

「線付け？」

「そう。電話線と電話線をつなぐときには、まず電気コードみたいな電話線のビニールの被覆をニッパーで切って、裁縫針くらいの細さの銅線を出すだろ。それから一方の線を絶縁スリーブっていうビニールチューブに通しておく。そうしてから二本の銅線を束ねてよじって、余分な銅線をニッパーで切ってから、接合部を決められた長さにして、半田付けするの」

須永さんは、自分のと記者の箸袋を使って実際にやって見せながら説明した。「あんた、半田付けは？」

「あ、それはわかります」

「そう」

と須永さんは頷き、「そして線を折って、裸になった銅線のところにスリーブをずらしてかぶせてできあがり。電話線は二本あるからこれを二回やることになる。半田揚げなんか、狭いところでやるときは大変でね。ほら、阪神大震災のとき、あのときの電話線の復旧作業なんかさぞかししんどかったと思うよ」

「ええ。倒壊現場では、アスベストもずいぶん飛散したって聞いてます」

「まあ、地震が来なくても、この国は建てては壊し、建ててはぶっ壊しだからな」

須永さんは誰にともなく言った。良雄には、その顔がテレビで見た顔に重なった。

「何後ろで、さっきからこそこそと、コウガン、コウガンって、下の話ばっかりしてんのっしゃ」

街場ですでに酒を入れてきたらしい常連客が、不機嫌そうな顔つきで、カウンターから小上がりの須永さんに声をかけた。須永さんと記者は、抗癌剤の新薬の話から、抗癌剤の投与を受けたけれどもあまり効果が出なかった話になっていた。

「社長、今日はどちらでご機嫌になってきたの」

それまで黙っていた田中さんが、近所の不動産屋の社長に話しかけた。

「いや、同業者とね。この不況下でどうやって生き残っていけるかと、まあ情報交換なるものをだね、ちょこっと鮨をつまみながらっしゃ」

社長は、すぐに気を逸らしたようだった。良雄はホッとした。良雄の店が一階に入っていて田中さんが階上に住んでいるこのアパートも社長のところの物件だった。

「……だいたいこんなところでいいかな」

それを潮にしたように、須永さんが言った。

「はい。十分すぎるほどです。今日は貴重なお話をいただきまして、ほんとうにありがとうございました」

記者が礼を言って、机の上に広げた物を鞄にしまいはじめた。それから、ようやく緊張が解けたように、焼酎のお湯割りを口にした。

「じゃあ、帰りの新幹線に間に合う時間まで、気がね無く飲んでいって。よーし、マスター唄入れるよ」

いつものスーさんに戻った顔で声をかけられて、良雄はカラオケのリモコンを手に小上がりへ向かった。

「昭和三十九年といえばさ、俺はまずこの曲なんだよな」

とスーさんが記者に言ってから、『東京の灯よいつまでも』をリクエストすると、唄いたくてうずうずしていた様子のキクさんが、

「新川二郎ときたか。じゃあ、こっちも今日は、昭利三十九年の唄でまとめるか」

と、さっそく『あゝ上野駅』をリクエストする。

「小林旭の『自動車ショー歌』」

「梶光夫『青春の城下町』」

二人が次々と曲を入れるのを見て、

「昭和三十九年って、スーさんはわかるとしても、キクさん、あんたは何歳だったのっしゃ」

あきれたように社長が言い、すいません、俺、まだ五歳でした、とキクさんがおどけて頭を下げた。

「記者さんも一曲どうですか」

と良雄が水を向けると、僕はいいです、いいです、とかぶりと手を振って遠慮した。須永さんが、ちょっと暑くなってきたねえ、と言って芥子色のジャケットを脱いで立ち上がって、カラオケが始まった。

良雄が、スーさんのそのせきに気がついたのは、一曲目の一番と二番の間奏に入ったところだった。

誰でもするように、カラオケを唄い出す前に喉の調子を整えるといった軽い空咳とも聞こえるので、これまで聞き逃していたのだろうか。けれどもいったん気がつくと、肺の底から突き上げてくるものをこらえている感じがあった。右の脇腹に手をあてがっているのも、唄うのに腹に力を入れているせいだとばかり思っていたいつもの仕草だが、今日はぐじゅぐじゅ言ってるかな、と自分の胸に探りを入れるようにつぶやいているのが聞こえた。スーさんが焼酎のお湯割りのコップを取って喉を潤すのも、良雄の目に留まった。

――せきなんか我慢してれば、とまるんだ。

風邪をひいたときに、良雄の父親は顔を顰めながら子供たちにそう言ったものだった。その父親は肺癌で死んだ。病院に入院したての頃は、ゴホッ、ゴホッと痰がからまってオットセイのようなせきだったのが、ライオンの咆哮のようなせきにかわり、やがてせきをする力も失せて父親は亡くなったのだった。それに比べると、須永さんのせきは上品すぎた。

唄が終わって、ハイヨっ、とスーさんはキクさんにマイクを渡した。

いやあ、ほんとにうまいですねえ。若い記者が拍手をしながら須永さんの唄を誉めてから、胸の方は大丈夫なんですか、と心配げに訊くと、

「なあに、唄はねえ、喉や肺じゃなくて、腹で唄うのさ」

とスーさんが言った。

らしゃかきぐさ

一

窓辺に日溜まりができていた。

熱も下がったようなので、ベッドの中にいた彼は、少し外に出てみることにした。その前に、外気の温度を確かめようと、ホテルの五階の内庭に面した開き窓を開けてみる。とたんに冷気が流れ込んできた。思ったほどは冷たくはなく、額に当たる微風が心地よいほどだ。日本にいるときには感じない自分の体臭が、香辛料のようにほのかににおった。

窓の下には、プラタナスの黄葉が照り輝いているのが眺められた。その向こうに林立している黒ずんだ赤煉瓦色や石造りの時代がかった建物の煙突にも、秋の白っぽい陽射しが当たっている。のどかな鳩の啼き声がきこえた。

彼は、カーテンのレールに下げていた洗濯物から下着を取り込んで、昨夜の寝汗が滲んでいたそれと着替えた。最初は浴室に干していたが、乾き具合が悪いので、妻が窓の下に設えられているセントラルヒーティングのラジエターにかけようとした。

――あっ、ちょっと待って。

と、彼は制止した。

ラジエターの裏側の壁に、薄い発泡スチロールのような耐熱シートが貼ってある。その表面が微かに毛羽立っているのを見て、もしかするとアスベスト製品かもしれない、と彼は警戒した。洗濯物がずり落ちたときに、シートの表面をこすって、目に見えないアスベストを舞い上がらせないともかぎらない。たとえ天井裏や壁のアスベストの除去工事が済んでいたとしても、おうおうにしてこんなところのアスベストは見逃されやすいことを彼は経験上知っていた。

――たぶん大丈夫だとは思うけれど、念のためにここには干さないほうがいい。

彼は、アスベストのことを含めて、妻に説明した。

――これがそうなの……。

妻は、以前に蝮《まむし》を目にしたときのように、興味と怯えが半々といった顔付きになって、ラジエターの裏側を覗き込んだ。……

彼は、部屋の隅のクローゼットから取り出した、カーキ色のコーデュロイのズボンを穿き、白いシャツと茶色のカーディガンを着込んだ。それから、音を消したままにしていたテレビの画面を消した。二日前の夜に、金融危機を回避するためにアイスランド政府が、すべての銀行を事実上国有化する法案を国会に提出し、可決されたことが報じられて以来、ＢＢＣは「ファイナンシャル・クライシス」を連呼する特別番組をずっと放映し続けていた。

あ、そうだった。

部屋を出る前に小用を足しておこうとトイレに入った彼は、思い出した。

青みがかったグレーのタイル貼りの床に蓋付きの便座が置いたままになっている。それは、昨日の夜中に妻が使用しているときに、突然、便器から外れてしまった。便座の位置が高いので、足を浮かせて用を足していた妻は、いきなり便座ごとすべって、便器の中に尻もちをついた。悲鳴に起こされて駆け付けた彼は、情けない恰好に大笑いさせられながら、ともかくどこも打撲しないでよかったじゃないか、と妻をなだめた。

――後で、修理を頼んでおくよ。

出展しているクラフトフェアの会場へ、朝早く出かけなければならない妻に、彼はそう請け合った。彼は床に足が届くので、便座をそっと置いて、ずらさないように気を付けながら用を足すことが何とかできた。

よく調べてみると、日本の製品のようにちゃんとプラスチックのボルトとネジで固定されているタイプではなく、開閉する部品を強力な接着剤で固定して、嵌め込ませているようだ。日本製のものなら昔取った杵柄とやらで何とかなりそうだが、これでは工事用の接着剤がないとお手上げだ。

やがて掃除をしにやってきた、ベッドメーキングの黒人の青年に修理してくれるように頼んだ。けれども、その後に、一度客室係とおぼしい中年の女性が様子を見に来たものの、いまだにそのままになっていた。

〈Please fix it!〉

外出している最中に修理に来ても分かるように、彼は、そう書いた紙を便座の目立つ場所に貼っておくことにした。

「プリーズ　リペア　イット」と彼が修理を頼んだときに、客室係の女性は、ああフィックスすればいいのね、と頷いた。手持ちの電子辞書を引くと、確かにこの場合、

「repair」よりも「fix」のほうが適切なようだった。

二

ホテルを出てバス通りを渡ったところにある建物に、ブルー・プラークを見つけた。その青い円形のプレートは、文化人の生家や住んでいた家に取り付けてあるというが、彼はそれまで、それほど関心がなかった。

一階がキッチン&バーになっている建物の煉瓦の外壁に埋め込まれたプレートの文字を何気なく読んだ彼の口から、驚きの声が洩れた。

〈CONDUCTOR
LAUREATE
Hallé Orchestra
SIR JOHN
BARBIROLLI
C.H.
1899-1970

was born here〉

「ハレ管弦楽団の桂冠指揮者、サー・ジョン・バルビローリ（一八九九―一九七〇）ここに生まれる」

彼にとって、英国人の指揮者といって真っ先に頭に浮かぶのが、ほかならぬバルビローリだった。今度の旅にも、バルビローリがウィーン・フィルと録音したブラームスの交響曲第四番を携帯プレーヤーに入れてきた。熱っぽい身体をベッドに横たえながら、今朝も晩秋にふさわしい、寂寥感が特徴的な演奏を聴いていたばかりだった。

思いがけない出会いに、彼は、やっぱり外へ出てきてよかった、と思った。

行き先は、ロンドン南西の住宅街のチェルシーと初めから決めていた。最寄りの地下鉄駅のラッセル・スクエアまで五分ばかり歩いてピカデリーラインに乗り、サウス・ケンジントンでサークルラインに乗り換えて次の駅のスローン・スクエアで降りた。

チェルシー地区を東西に横切るショッピングストリートのキングス・ロードを歩きながら、高く晴れ上がった空の青さを見上げては、彼は目を細めた。ブラームスの交響曲第四番の第二楽章アンダンテ・モデラートの冒頭で、弦がピチカートを刻む上に、鐘の音を模したようなモチーフを吹く乾いた木管の響きが、空から降ってくるかのようだった。

左右一車線ずつのさして広くない通りだが歩道が広く取ってあり、歩きやすい。小さな球果を垂らしたプラタナスの並木。その根元を鳩が歩いている。

成田からの直行便でヒースロー空港に着いた四日前の土曜日の午後は、冷たい雨が降りしきっていた。この朝から急に寒くなって、と荷物が多いので奮発して空港からホテルまで乗ったタクシーの運転手が言った。市内に入ると、厚手のコートやダウンジャケットをまとって、すっかり冬の出で立ちとなった市民たちの姿があった。翌朝、彼も妻も、目覚めたときには風邪気味だった。

それが昨日今日と、半袖シャツになっている人も見受けられる陽気だ。彼もカーディガンの前をはだけ、綿のコートはずっと手に持ったままだった。この時季のロンドンには珍しいという晴天続きに恵まれたことを享受する一方で、クラフトフェアの会場で、自分で糸を染めてデザインした編み物の服やストールを英国人たちに売っている妻のことが案じられた。

——天気が悪いのも困るけど、あんまり暖かいのも困るんだよなあ。会場は汗が滴るほど陽射しが強くなるから、ニットは試着さえもしてもらえなくなってしまうから。

昨日ホテルに戻ってくるなり、妻は厳しい顔付きになって言った。もちろん金融危機の打撃も受けていることだろう。

さっきも、通りの店先に舟盛りの写真が掲げられているスシ・レストランから出てきた男二人に女一人連れの日本人の若者たちが、「しかし、円高様々だよなー」「だよねー」と笑顔で浮き立ったように言い合っていた。

昨年初めてロンドンを訪れたときに比べて、一ポンドはおよそ二百四十円だったのが百七十円にまで値を下げていた。しかも日一日と、円は急騰し続けている。物を買う分にはいいが、売る分には、たとえ去年と同じポンドの売れ行きがあったとしても、円に換金すると、手取りは三割減となってしまう。もっとも、妻は、金融危機の影響で客が買い渋りすることを心配こそすれ、レートのことはまだそれほど人事だとは感じていないようだが……。

地図で見るとおよそ三キロほどのキングス・ロードの半ばに差しかかったあたりで、オールドタウンホールの重厚な趣のある建物が見えてきて、彼はそこから左に折れた。妻が出展しているクラフトフェアも三年前までは「チェルシー・クラフトフェア」という名称で、この建物で開催されていたということだった。このあたりからは、十八世紀の面影を残した煉瓦造りの古い家並みが続くようになる。

南南東にあたるテムズ河へ向かう方向だけを見定めて、行き当たりばったりに路地を入っては角を曲がりを繰り返していると、ところどころに例のブルー・プラークが目に付いた。このあたりは、早くから多くの作家たち——トマス・モア、スモレット、リ・ハント、オスカー・ワイルド、下ってエリオット、ロセッチらが居を構えた地だとは聞いているが、彼にはそれ以上の興味はない。マーク・トウェインやキャサリン・マンスフィールドが一時住んだという家は見てみたい気もするが、そこにはブルー・プラークはないという。

それよりも、塀の中に覗き見える樹木や植物——ニレや白樺、葉を落としているので種類がわからない細い白い木に巻き付いた朝顔に似た紫色の花、塀際に置かれた鉢植えで咲いているホトトギスによく似た花……などを眺めているほうが興趣があった。

やがて、テムズ河に架かった、ロープで橋梁を吊り上げている斜張橋の白いアルバート橋が見えてきて、彼は河岸の道から踵を返すことにした。チェイン・ロウというテムズの川風がしのびこむ静かな小路に入って右側の中頃に、目指してきた「カーライルの家」がある。番地はチェイン・ロウ二十四番地だ。

三

彼が、煤けた赤煉瓦の建物に窓枠が白いペンキで縁取られた「カーライルの家」の玄関に立つのは、二度目だった。ブルー・プラークは見当たらない。そのかわりに、意志の強さが漲っているかのようなカーライルの横顔が彫られた灰色のプレートが嵌め込まれている。

昨秋に初めて訪れたときには、岩波文庫の夏目漱石『倫敦塔・幻影の盾　他五篇』を携えていた。その中には、一九〇〇年にロンドンに留学した漱石が、この家を訪れた印象を記した「カーライル博物館」が所収されていたからだ。

〝雄弁は銀なり。沈黙は金なり〟。カーライルのそんな格言を高校生の頃に知り、また同じ頃に、友人のジョン・スチュワート・ミルの所に託しておいた『フランス革命史』の草稿が女中（ミル夫人だったという説もある）に焼かれてしまったが、気を取り直して再び最初から書き直して完成させた、というエピソードに惹かれて、『フランス革命史』に挑んだが、中途で挫折してしまった。

だが、そんなことだけでその住まいをわざわざ訪れようとは思わない。やはり、留学中の漱石が、どんな恰好と心持ちで異国のこの扉口に立っただろう、と想像するからこそ興が沸いた。

〈往来から直ちに戸が敲《たた》けるほどの道傍に建てられた四階造の真四角な家である〉

こう漱石が記したとおりの外観を持った一七〇八年に建てられたという家は、住所まで往時と同じだったから、探すのは容易だった。〈出張った所も引き込んだ所もないのべつに真直に立っている。まるで大製造場の烟突の根本を切ってきてこれに天井を張って窓をつけたように見える〉。これも、まさしくそのとおり。

漱石は、鬼の面のノッカーをコツコツと敲いたが、いまはブザーの押し釦《ボタン》を押すようになっている。

それを押す前に、彼は思い立って、ズボンのポケットを探った。入館料は四ポンド二十ペンス。前に訪れたときに、紙幣を出して、小銭の持ち合わせはないのかと案内の老婦人に顔を顰められたからだ。一ポンドが二個と五十ペンスが三個。二十ペンスが三個、五ペンスが二個。硬貨は、大きいからといって金額が高いとは限らない。財布も探り、金額を何度も確認して、どうにかちょうど探し当てることができた。いつのときでも、手探りでも硬貨の区別が付くようになった頃には、異国への旅は終わることになる。

ちょうど入館料ぶんの小銭を左手にポケットの中に握りしめて、石階に立った彼はブザーで呼んだ。まるでおつかいの子供のようだ、と心の中で苦笑しつつ。

程なく扉が開けられて、「カムイン」と招き入れられた。小柄で痩せた体つき。白髪。金縁の眼鏡をかけている老婦人は、記憶の姿に似ているが、同一人物かどうかまでは定かではない。ちなみに、漱石のときの案内人は、〈五十恰好の肥った婆さん〉だった。

一八八一年のカーライルの死後、「カーライルの家」は一八九五年に博物館としてオープンした。ヴァージニア・ウルフの父、レズリィ・スティーブンが保存協会の会長となって、購入基金を集めたという。そして、一九三六年よりは、歴史的建造物の保護を目的として設立されたナショナル・トラストの傘下に移った。現在の案内の老婦人はそこから派遣されてくるボランティアらしい。

「ヴェリー　ホット　コイン！」

彼がさっそく、握りしめていた入館料の小銭を手渡すと、案内の老婦人が声を発して、笑顔を向けた。まだ少し熱っぽいのだろうか。彼はさりげなく額に手を当ててみた。大丈夫、熱はなさそうだ。

「日本人？」

彼が頷くと、じゃあソウセキ・ナツメのサインが観たいんでしょう、と一人頷いて、受付の棚から名簿を取り出そうとするので、

「いいえ、それは前に観たことがあるので結構です。ここに来るのは二度目なんです」

と彼は、やんわり断った。

昨秋観たそれは、右ページの下に、遠慮がちなふうな細く青いインクの筆跡で〈K・Natsume〉とあり、なるほど、漱石の本名は金之助だった、と彼は頷かされた。その下には、〈K・Ikeda〉というサインもあり、ドイツからの帰途にロンドンに立ち寄って漱石の下宿に同宿したとされている、味の素の発明者として後年に名を残した池田菊苗のものらしかった。住所はどちらともサウス・ケンジントンとなっており、日付けは確か一九〇一年の八月三日だった。

筆跡は同じに見え、漱石が二人分書いたのではないでしょうか、と案内の女性は首を傾げながら言った。いずれにしてもそれは、〈なるべく丁寧に書くつもりであったが例に因ってはなはだ見苦しい字が出来上った〉と漱石が記しているのに反して、几帳面な美しさの感じられる筆跡だった。……

ブザーが鳴らされて、今度は揃いの黄色いジャンパーを羽織った初老の男女が入ってきた。やりとりから、アメリカからやって来た夫婦らしいと察せられた。一度来てみたかった、と男性のほうがいうのを聞いて、カーライルは、アメリカではまだ人気のある思想家なのかもしれない、と彼は感じた。彼にはアメリカ人の発音のほうが聞き取りやすかった。

案内の老婦人は、役を得たとばかりに、張り切ったように、さっそくその二人に説明をはじめた。

〈案内者はいずれの国でも同じものと見える。先《さ》っきから婆さんは室内の絵画器具について一々説明を与える。五十年間案内者を専門に修業したものでもあるまいが非常に熟練したものである〉

と漱石が言うとおり、案内の老婦人は、これはカーライル夫妻の肖像画、こちらはカーライルの八十の誕生日の記念のために鋳たという銀牌と銅牌、ビスマルクがカーライルに送った手紙とプロシアの勲章……、と淀みなく流暢に説明を加える。少し離れて聞いている彼は、二度目だからか、前に比べればずいぶんと意味が取れた。

自分は自由に見学させてもらおうという態度で、彼は一人で階上へと上っていった。一時は客間になっていたというその部屋には大きな本棚があって、本が一杯詰まっている。確か、漱石が勘定したら、百三十五部あったという話だった。

夫人が用いたという、意外に飾り気のない小さな寝台に、彼は目を留めた。歴史上の人物たちのゴシップが好きだった高校の世界史の教師は、カーライルの『フランス革命史』にまつわる先のエピソードの話に加えて、

——カーライルの奥さんは、賢夫人で名高い女性だったんですが、結婚して二十

何年か経って腹が痛くなって、嫌がるのを無理に医者に見せたところ、驚いたことに「アンタッチト　ヴァージン」だった、っていわれているんですね。

とも、奇妙な笑みと共に言い加えた。学校で習ったことは、ろくでもないことばかりいつまでも覚えているものだ。

その寝台のベッドカバーの上に、ちょこんと載せられてあるものを見て、

あ、やっぱりあった。

と彼は、気が弾むのを覚えた。

それは、去年も目にした、精巧な針金細工のような、とても変わった形をした花穂のドライフラワーだった。咲き終わった花序の小苞の先端が鋭い鉤状に曲がっていて、その根元の周りを総苞が美しい曲線を描いて数本取り巻いている。それも鋭く長い棘をしている。

これに会うために、彼はこの場所を再び訪れたのだ。

四

――チーゼル。

一年前、本を読みながら、部屋の隅の椅子に座っていた若い女性の案内人が、そう教えた。

三階から四階へ上ると、カーライルの書斎になっている。チェスト。机。椅子。それらの上にも、さっき目にしたドライフラワーのような飾り物が、ここにもあそこにも、といった感じで載せてある。

一年前に初めて目にしたときには、ハリネズミの剝製かと見えた。次には、クラゲが干涸らびたものかもしれない、と映った。そして、間近に近付いてみて、何かの植物らしいことが察せられた。触ってみてもいいですか、と訊くと、案内の若い女性は頷いて、彼の仕草を窺った。

――手を傷つけないように気を付けて。

――ええ。……何だろう、アザミかな、いやちがう、なんて硬いんだ……やっぱり動物の骨か何かだろうか。

一人言のように言ってから、彼が「ホワッツ　ディス?」と訊ねると、彼女はそう教えたのだった。

チーゼル?

彼は鸚鵡返しに言った。どんな意味なのか見当も付かない。手持ちの手帖を開いて、ここにスペルを綴ってくれるようにと頼んだ。

彼女は気軽に応じてくれ、「teasel」と、か細い文字で記した。

彼は、ホテルに戻ってから、さっそく妻の電子辞書を借りて調べてみた。すると英和辞書には、〈オニナベナ、ラシャカキグサ、オニナベナの乾燥総苞……〉とあり、広辞苑で「ラシャかきぐさ」の項目を調べてみると、〈(ラシャカキソウとも)マツムシソウ科の越年草。ヨーロッパの原産。高さ約一・五メートル。葉は披針形。秋、淡紫色の細かな花を密生した大きな頭状花をつける。花および果実の穂にある小苞片は極めて多数で強靭。先端が鉤状に曲がっているので、羅紗製造の際、起毛に用いる。チーゼル。オニナベナ〉という記載があった。

マツムシソウ科の植物のドライフラワーだった、と知った彼は、あれで羅紗を毛羽立たせるとは思わなかった、さすが毛織物の本場らしい話だ、と感心した。飾ってあった写真には、カーライルが羅紗地らしいフロック・コートを着ていた姿もあったような気がするから、おそらくフロック・コートの毛並みを整えたりするのに使っていたのだろう。イギリスの家庭には、ふつうに常備しているものなのかもしれない。

——彼の想像はそんなところに落ち着いた。

旅行から帰ってきてから、彼は、チーゼルのことはすっかり忘れてしまっていた。

思いがけないところで再会したのは、この夏のことだ。

彼は、二十代の十年間ほど、電気工事の仕事に就いていた。そのときに、団地やビルの電気設備の修理を行ったさまざまな現場で、一九六〇年代、七〇年代の建築物に多く使われたアスベストを大量に吸い込んでしまった。二〇〇五年六月にクボタショックがおこり、日本でもアスベストの深刻な被害が広がっていることが一般に知られるようになると、アスベストの後遺症の胸膜炎を患って現場に出ることができなくなってやむなく文筆を専業とせざるを得なくなっていた彼は、全国のアスベスト禍の取材をはじめた。

日本で初めて、国を相手取ってのアスベスト被害の損害賠償を求める裁判を起こした大阪の泉南地域は、日本でもっとも早くからアスベストを用いた紡績産業がおこった土地だった。そこで、何十年も前からアスベストの被害を世に訴え続けてきた民間の学者がいたことを知った。残念ながら、当人は既に亡くなってしまっていたが、彼は家を訪ねて未亡人から話を聞くことができた。

旧熊野街道筋にあった家は、黒塀白壁の旧家を思わせるお宅だった。

――主人が話を聞いた工員さんたちは、苦しくて肩で息をする人ばかりやった。主人は早くから石綿が原因と疑って、工場を回って集塵機の設置を迫っては、経営者に突き飛ばされたりもして。生活費はずいぶんと石綿に関する海外の文献や専門書につぎ込んでな。

そう言って案内された、生前のままに手をかけていないという板張りの六畳ほどの書斎の隅に据えられた黒光りする大きな机に、目に覚えのあるチーゼルが置いてあった。

――あ、これは。

彼は驚いて声を発した。いくぶん小さめだが、去年の秋に「カーライルの家」で目にしたものに間違いなかった。

――ああ、らしゃかきぐさやね。羅紗の起毛につかうんや。このへんは毛織物が盛んやったから、種を外国から取り寄せて栽培してたこともあって。カシミア、ビキユーナいう高級品は、金属ブラシではのうて天然のらしゃかきぐさにしか出せない独特の風合いがあるいうてな。孫たちは、イタイ、イタイの実ィいうとった。主人がどこぞの織物業者からもらってきて、トゲトゲの形が面白いやろういうて、いっつもそこに置いて眺めてたんや。ときどきな、羅紗の一張羅のトンビを簞笥から取り出してきて、毛羽立たせてみたりもしてな。

未亡人は、懐かしそうに言い、形見の品だというように、指先で軽く触れるようにした。周りには、資料やガリ版刷りの文書が詰まった段ボール箱が幾つも積み重ねられてあった。……

そんなことがあったので、彼が今年も「カーライルの家」で再会することができたチーゼルには、思いがこもった。今日は、四階には案内人がおらず、老婦人が一人でガイドをこなしているらしかった。

ここには、カーライルが生前使用した器物、調度品、図書、典籍が厳然と保存されてあるという。だとしたら、チーゼルもカーライルが愛用したものにちがいない。

書き物をする机の上にも載せてあるから、泉南の民間学者と同じで、カーライルが好んで、執筆に倦んだときなどに手にとって愉しんでいたものなのかもしれない。この奇怪な姿も、癇癖《かんぺき》が強かったというカーライルをどことなく彷彿とさせるではないか。もしかすると、カーライル自身に、チーゼルというニックネームがあったなどということも……。

泉南の一件から、彼の想像はさらに膨らんでいた。

ただ一つ気になるのは、この家の様子をあれほど克明に記述した漱石が、これほど目立つチーゼルのことを何一つ書き留めていないことだった。漱石はチーゼルを目にすることはなかったのだろうか？

彼が、四階の屋根裏部屋で、そんな物思いにふけっていると、

「カーライルは、執筆中には身辺に起こる物音を遠ざけようと苦労しました。ピアノの音、犬の声、鶏の声、鸚鵡の声。それらは彼の神経を刺激して悩ませました。そこでカーライルは、三階からこの四階に書斎を移して立て籠もりました」

案内人が、階下から上がってきて、四階の彼に追いついた。

「ここなら明るいし、下の物音も静かでしょうね」

アメリカ人の夫人が、頭上の明かり取りから射し入ってくる光をまぶしそうに見上げながら言った。

「ところが」

案内人の老婦人は、芝居がかった口調で言った。「カーライルは、この部屋を自分で設計して、作って、立て籠もってみて、はじめて計画が失敗だったことを知ったのです。夏は暑くて、冬は寒い。そして、確かに下の物音は止んだのですが、今度は下の階にいるときには予想だにしなかった物音、寺の鐘、汽車の笛、そして遠くから聞こえてくる下界の声が、前と同じようにカーライルの神経を苦しめたのです」

そこまで聞いて、アメリカ人夫婦も彼も声を立てて笑った。

「すみませんが」

彼は、さっきの自分の想像を確かめたいと思い、案内人に訊ねてみることにした。

「何でしょうか」

「ここには、チーゼルがたくさん置かれていますけれど」

「ええ、チーゼル。日本にもありますか？」

「いいえ、あまり見かけません。それで、訊きたいのは、カーライルが、チーゼルを好きだったかどうかなんですが」

「……」

案内人は、何を訊くのかというような顔付きになった。

「ここは、カーライルの生前の暮らしがそのまま保存されているんですよね」

「ええ、もちろんですとも」

「それじゃあ、このチーゼルも、カーライルが生きていたときからここに置かれていたものなのでしょうか。もちろん、チーゼルそのものは、ときどき取り替えられているのでしょうけれども、裏の庭ではいまでも栽培されている、とか」

「さあ……」

案内人は、困惑顔になった。そして、再び口を開くと、切り口上でこう言った。

「チーゼルは、このとおり見た目が大変よろしいですし、イギリスではどこにでもある植物ですから。こうやって椅子やベッドの上に飾って置いておくと、観覧者が座ったり、横になったりしないでしょう。だから、ナショナル・トラストの建物にはどこでも置いてあります」

そうか、「手を触れないでください」「この椅子に座らないでください」の類の札の代わりというわけか。確かにこのほうが洒落ているとはいえそうだが、しかし……。拍子抜けした彼は、自分の思い込みに苦笑せざるを得なかった。

それでも、部屋を立ち去るときにもう一度机の上のチーゼルを振り返ると、やはりそれが、カーライルが我が身を守ろうとした鎧のようにも、彼には思えてならなかった。

五

「カーライルだって？　知らないなあ。いったい何をした人なんだ？」

アイデアレザーという名の革のバッグを作っているドイツ人のベナードが訊いた。

妻が出展しているクラフトフェアの会場を訪れた彼は、入口近くにブースを構えていたベナードのところにまず立ち寄った。

それまで、バルビローリの生家に偶然行き当たった話では、話が弾んでいたのが、「カーライルの家」の話になったとたん、こうだ。

「まあ、哲学者、思想家というか、歴史家というか……」

『衣裳哲学』『フランス革命史』といった書名を思い浮かべて、彼は言い淀んだ。「その家には、ビスマルクが送った手紙やプロシアの勲章もあったんだがな」

それでも知らないか、というように顔を向けてもベナードは、頭を振るばかりだ。「カーライルの家」を出た彼は、いったんホテルに寄ることにした。便座はまだ、貼紙がされたままだった。自分が現場に出ていた頃だったら、こんな仕事ぶりでは苦情殺到だったぞ。彼は見えない修理人に対して毒づいた。

階下のフロントに降りていくと、ちょうど団体客が到着して、男女二人の係員は、そのチェックインの処理に追われているところだった。便座の修理を催促しようと思ったが、命に差し障りがあるというわけでもないしな、修理人も忙しいんだろう、と思い直して、ルームキーだけをボックスに入れて外へ出た。陽が落ちかけるとさすがに風が冷たくなり、彼はコートの襟を立てた。

クラフトフェアの会場があるサマセット・ハウスまでは、バスで一本で行けるので便利だった。初めのうちは、停留所の名前も告げずに走ることが多いので、戸惑ったが、見様見真似で、外を見ていてだいたい目的地が近付いたと思ったら、降車ボタンを押す、というふうに慣れた。ロンドン大学のキングス・コレッジ前で降りるたくさんの学生たちと共にバスを降りると、彼は皆と別れて右隣のサマセット・ハウスへと向かった。歩きながら、関係者の身分証をカーディガンの胸につける。

コートールド美術館の建物を抜けた所の広場に、四方がガラス張りのモダンなパビリオンが設けられており、そこがヨーロッパ最大規模だというクラフトフェアの会場だった。二週に分かれて、陶器やガラス、木工、金工、テキスタイル、ジュエリーなど約三百人の出展者が、各ブースで展示販売をする。

彼が足を運ぶのは、ロンドンに着いた翌日に、搬入と設置に訪れて以来だった。

妻が初めて参加した昨年は、彼女が食事や休憩を取るときに、代わりに販売を受け持たなければならないので、連日詰めていたが、今年は、共に審査を通った日本人の染織作家や昨年親しくなったロンドン在住の日本人の陶芸家などと交替して休みを取れるようになっていた。

今年も彼は、作品をただ並べるのではなく、自分でペイントした棚やケースを配置したり、床を独自の板張りに変えたりと、各ブースをひとつの個展のようにする設置だけは手伝った。金槌やドライバーを手に脚立に上り、作業を行うのは、昔の懐かしい仕事を思い出させて、気が弾んだ。アスベストの被害にさえ遭わなければ、現場に出ていたかった、と彼はいまでも思う。

——オ、ヒ、サ、シ、ブ、リ、デス、コンニチハ。

そんな作業中の彼をいち早く見留めて、片言の日本語で声をかけてきたのが、ベナードだった。彼は、趣味でチェロを弾いていると言い、去年は客がいない時を見計らって、よく音楽談義に興じたものだった。職人を雇って会社組織にしており、世界各地で販売し、日本の企業とも交渉中とのことだった。……

「ところで、今年の売れ行きはどうだい?」

彼は、カーライルのことから話題を変えた。

「もちろん悪いね。大打撃だよ。社員を五人抱えているから、みんなの生活を成りたたせるのに必死だよ」

「ほんとうにもろに悪いときにあたってしまった」

「ああ、でも遅かれ早かれ、こんなときは来たんじゃないかな。そんなことよりも大事なのは、いいものは、自然と語りかけてくる。作品がしゃべるってことなんだ。いいものを作っていれば、何年かを平均すれば、そんなに変わることはない、それがクラフトマンってことだろう」

そういってベナードは親指を突き上げた。

まったくそうだな、と彼も同感した。

また後で。そう言い置いて彼は、妻のブースへと向かおうとした。妻が団体客たちに摑まっているらしいのを見て、彼は遠くから合図をしてから、外のテラスでひと休みすることにした。会場は人いきれに加え、ガラス越しの陽射しが強くて、途中から彼もシャツ一枚になった。汗っかきの妻は、汗だくになって接客していることだろう。

サマセット・ハウスは、ヘンリー八世の三番目の妃のジェイン・シモアの兄で、ヘンリー八世の死後、幼少で病弱なエドワード六世の伯父の地位を利用して摂政となり、権勢をほしいままにしたサマセット公爵が十六世紀の半ばに建てたのが前身である。サマセット公爵は、最後は反乱罪に問われて、建物は王室のものとなり、その後一七七五年に取り壊されて、さまざまな役所が入っている現在のサマセット・ハウスが建てられた。

その南側の正面のテラスからは、〈壁土を溶し込んだように見ゆる〉と漱石が「倫敦塔」で描いた通りの色のテムズの流れが間近に見える。すぐそばに架かっている橋は、ウォータールー橋。テムズ河の岸辺に沿ったプラタナスの並木は、日本のものよりも背が高く芥子色に黄葉した葉も大きい。

「ご一緒させてもらっていいかしら」

オープンカフェでビールを飲んでいると、日本語で話しかけられた。見ると、ロンドン在住の陶芸家の京子さんだった。

「わたしもちょっと休憩しようと思って。奥さん、観光客に摑まってたけど、あんまり買ってくれないのよねえ、あの人たち」

少し同情する口調で言った。昨年のフェアでも会期が一緒で、軽く挨拶を交わすようにはなったが、面と向かって話をするのは初めてだった。京子さんは百七十センチを超す長身で、すらっとした身体付きは英国人の中でも目立った。ロンドンで英国人と結婚したらしく、ブースのネームプレートは、〈Kyoko Foxwell〉となっていた。

「去年はみんなで、謎の日本人って噂してたんですよ」

「えっ、僕のことをですか」

「いつも会場にノートパソコン持ってきて、何か仕事してたでしょ。身分証はつけてるけど、全然クラフトの人には見えないし。そうしたら、日本からの漆作家さんが、あの人、たぶん本を書いてる人だって教えてくれて、それで謎が解けたんです」

「ホテルはインターネットが繋がっていなかったので、ただで使えるこゝの無線ＬＡＮから日本に原稿を送ってたんです」

「ああ、それで」

京子さんは納得した顔になった。「実は、インターネットのウィキペディアでも調べたんです、広瀬さんのこと」

思いがけないことで、彼は返答に困った。

「アスベストの被害に遭われて本を出されたんですよね」

「ええ、まあ」

「そのことでぜひ聞いてもらいたいことがあるんです。陶芸の仕事で電気窯を使うんですけど、それにもアスベストが使われてるんですよね」

「以前はそうだったようですね。僕の知り合いにも陶芸家がいますけど、今のものは代替品に代わっていると言ってたけれど」

「でも、わたしが使っている窯は、温度があまり上がらないので、少しでも保温をよくするために、窯の底やまわりにセラミックファイバーが巻かれてあるんです。それがアスベストなんじゃないかっていう人がいて。共同で使っている窯なので、いつぐらいに巻いたものなのかもはっきりしていなくて、けっこう仕事で、素手で触ったりしていたんです。それと、工房の隅に、ちぎれて綿のようになったものがたくさん残されていて、それもアスベストなんじゃないかってずっと不安で」

「それはアスベストの可能性もありますね。一度調べてもらって、もしそうだったら、しかるべき所に処分してもらったほうがいいと思いますよ。陶芸家で中皮腫になった患者も出てきていますし」

「やっぱり。素人目にはわからないものですよね」

「ええ、僕だって、百パーセントこれがアスベストだって言い切れる自信があるものはわずかだけど、疑ってかかるぐらいじゃないと、身が守れませんから」

「そうですよね。聞いてみて少し気が軽くなりました。共同の工房なので、そんなことを神経質に気にするのは日本人だけだ、とか言われそうで、一人で悩んでいたんです」

「そうですか。家内はイギリスっていうと毛織物の本場で、そこでどんな評価を受けるか知りたいから来てみたいっていうけど、僕にとっては、イギリスはアスベストの本場だっていう思いなんです。だから、アスベストに対する意識も高いと思ったんだけど、そうでもない面もあるんですね」

「アスベストの本場ですか。何か、いやな本場」

京子さんは苦笑した。

「そうだ、僕からも一つ訊いてもいいですか」

「チーゼルって知ってますか、日本ではらしゃかきぐさっていうんですけど」

「ええ、知ってます。わたしの家にもありますよ、バンダナを巻いたみたいな花の形が面白いので観賞用に鉢植えにしていますから」

「へえ、お宅にあるんですか。じゃあ、園芸店で探せば見つかるかな。花が終わった後のとげとげになった花穂が欲しくて」

「どうでしょう。それより、たぶんうちにもドライフラワーにしたものが何個かあったはずだから、クラフトフェアの最終日が終わったら、うちに来ませんか、奥さんとご一緒に。そのとき差し上げます」

「ほんとうですか。いや、うれしいです」

「でも、なぜチーゼルをそんなに？」

「それは、そのときにゆっくり話すことにします」

「ええ、どうぞ」

　早くも彼は、日本の自分の仕事机の上に、らしゃかきぐさを置いたところを想像していた。

あまもり

1

発端は雨漏りでした。

六年前の夏の暴風雨時に、普段とは違う方向から雨風が吹き込んだせいか、台所の天井近くにある排気口の付近から雨漏りが発生したんです。ぽたぽたと滴が垂れてくるほどではなくて、天井に染みが広がる程度だったんですが。

様子を見ようと私は、釘で止まってる天井材を、壊さないようにバールでそろそろと二枚ばかり剝がして（上から白いペンキが塗られていて、板同士がしっかりくっついていたので結構大変でした）、天井裏を覗き込んでみました。

非常用の懐中電灯を持って来て照らしましたが、電線や排気ダクトが走っているのが見えるそこは、いくぶん湿気を帯びているようには感じられたものの、水が溜まっていたり、ぽたぽたと滴が垂れているような所は見あたりません。結局、どこを伝って雨漏りしているのかはわかりませんでした。後になって、工務店の人に聞いたところでは、雨漏りの経路を見付けるのはプロでも難しいのだそうで。

取りあえず、天井裏を少し乾かした方がいいだろうと思い、剝がした大井板を台所とつながっているダイニングルームの隅にそのまま立てかけて置いて、扇風機を上へ向けて風を送ることにしました。

あれっ？　と先に気が付いたのは、妻でした。剝がした天井板の裏側の表示を読んで、

「この板、〈アスラックス〉って書いてあるように見えるけど。これまさか、アスベストじゃないよね」

と気掛かりな口調で言ったんです。

「えっ？」

私も手をかけて見てみると、いくぶん文字が剝げかけていましたが、確かに青い文宅で〈アスラックス〉と読めました。

「アスは、アスベストのアスじゃないかしら」

「さあ、どうだろう」

私は首を傾げました。正直の所、これがアスベスト？　まさか、という感じでした。もちろん、アスベストが肺癌を引き起こすなど、人体に害を及ぼすことは、知っていました。私が二十歳の頃でしたか、小中学校の建物にアスベストが使われていたのが社会的に大問題になったのは。

あの頃私は、家電量販店で働いていました。同年代の同僚たちと、

――理科の実験で使った石綿金網もアスベストなんだろう。よく爪でひっかいてキラキラさせて遊んだな。

――体育館の天井にボールをぶつけると、繊維みたいなのがキラキラ光りながら落ちてきたよな。あれもアスベストだったらしいぜ。

――ああ、やば。おれもよくやったよ。結構吸ってしまってるかもなあ。

などという会話を交わしたことをよく覚えています。

そうは言ってもあのときは、しょせん他人事で我が身に降りかかることはない、という思いでいました。それに、アスベスト問題は、あのときに危ないものは除去されて、すっかりけりが付いたものだとばかり思っていましたから。

「〈アスラックス〉っていうこの製品、念のためにインターネットで検索して調べてもらえないかしら」

妻は、なおも心配そうに言いました。

彼女は五歳年下ですが、子供が出来るまではずっと幼稚園で先生をしていて、その職場でアスベスト除去のことが問題になったことがあるらしいので、私よりはアスベストに対する関心が強かったようです。それに、ネットで興味のあるニュースだけしか読まない私とちがって、妻は新聞を夕食後に時間をかけて隅々まで目を通す習慣がありますから、そのせいもあるかもしれません。

――学校でアスベストのことが問題になったきっかけは、前の年に、横須賀の米軍基地で空母ミッドウェーの大がかりな補修工事が行われたときに、大量のアスベスト廃棄物が日本に不法投棄されたことだったんですって。アメリカの法律ではアスベストを廃棄できないので、それで日本に棄てていったって。それってひどい話よねえ。そう思わない？

以前、妻にそう教えられて、それは魚雷でも撃ち込んでやりたい話だなあ、と私も憤慨したものでした。

そのことを思い出しながら、妻の頼みに、私はお安い御用とばかりに、すぐに仕事部屋の iBook に向かいました。私の職業は、SOHO の Web デザイナーなので、パソコンは常に立ち上げています。

さっそくインターネットの Google で検索してみると、〈アスラックス〉は、『N』という断熱材などを製造している会社の製品だということがわかりました。製品情報を公開しているページの記述は、「けい酸カルシウム板を基材として、その表面に各種の加工、塗装を施した不燃内装化粧板です。耐水性や耐薬品性・寸法安定性などに優れ、清潔さや美観を保つことができます」というもので、アスベストが含まれているかどうかは不明。それでも、『N』の旧社名に「アスベスト」の文字があるのを見たときには、どきっとさせられました。これはやはり、その会社の製品なら、アスベストとは無縁ではあり得ないような予感が兆しました。

アスベストをキーワードにして、さらに検索を続けていくうちに、『アスベストセンター』という団体のホームページに行き当たったんです。前年に設立されたばかりとおぼしい『アスベストセンター』は、全国の悪性中皮腫や肺癌などの患者や家族の相談窓口として発足した民間の非営利団体ということでしたが、アスベストの環境飛散の防止の活動も行っており、身近な建物にアスベストが使われているかどうかの質問にも応じているみたいでした。それで、これ以上独力で調べることは難しそうだったので、そこに尋ねてみることにしたんです。仕事柄、こういうネットワークが生まれていることは、Web の利点だよな、と感じました。

〈メールでは簡単な相談以外はむずかしいのが実際です。極力電話でご相談下さい。なお、アスベスト建材のご相談は極力、毎週火曜日・木曜日の午後2時〜午後5時に御願いいいたします〉

と問い合わせのページに書かれてあるのを読んで、私は、二日後の火曜日になるのを待って、午後三時の休憩を利用して電話をかけました。自営業なので、休みはいつ取っても構わないんですが、ルーズにならないように、午前十時と午後三時に、コーヒーを飲みながら十五分ずつ休みを取るようにしているんです。

剝がした天井板は、万が一、幼稚園に通っている年子の子供たちが、触ったりいたずらしたりしたら大変なので、ビニール袋にくるんで、私の仕事部屋の扉付きの棚の中にそっと運び入れておきました。

「〈アスラックス〉ですか……、ああ、確かに『N』の製品のようですねえ。ええ、あそこはアスベストの最大手の企業の一つです。いま製造されているのは、ノンアスベストの代替品に替わったようですが、それはいつ頃製造されたものかはわかりますか？」

親切に応対してくれた電話口の中年男性は、何か資料を見ている口調で言いました。

「さあ、ここは中古で買ったマンションなので確かではないんですが、たぶん最初から天井には貼られていたんだと思います。だとすると、築二十七年ということですから、それぐらい前に製造されたものだと思います」

私が答えると、

「そうですか。だとしたら、一九七〇年代ですから、アスベストが含有されている可能性は極めて高いですね。……ああ、ありました。〈アスラックス〉は確かにアスベスト含有建築材料でした。それで、一九九一年までアスベスト含有のものが製造されていたようです」

と男性が告げました。

やっぱり、そうなのか、と私は呻くように思いました。すでに予期はしていたものの、決定的な宣告が下されたような気分でした。それと知らずに何気なく素手で触ってしまったことや、天井から剝がしたさいに目に見えないアスベストの繊維を空気中に撒き散らせてしまったのではないか、自分は取り返しの付かないことをしてしまったのではないか、という不安に急に襲われました。

「〈アスラックス〉に含まれているのは、クリソタイルとアモサイト――白石綿と茶石綿です――が一〇パーセントから二〇パーセント使用されたことになっていますね」

「あの、せきめんていうのは？」

聞き慣れない言葉に、私は訊ねました。

「ああ、石の綿と書いて、いしわたとも呼びますが、我が国でのアスベストの呼び名です」

　ああ、そうか。石綿金網を思い出しながら、私は納得しました。

「それで、クリソタイル、白石綿の方がいくぶん柔らかくて、アモサイト、茶石綿の方が硬くて肺に突き刺さりやすいので発癌性が強いと言われています。もう一つクロシドライト、青石綿というのがあって、それが悪性中皮腫を引き起こす最も毒性の強いものです」

「そうですか。それで私は、これからいったいどうすればいいでしょうか？」

　という私の問いかけに、

「吹き付けアスベストとちがって、建材に含まれているアスベストは、急に今すぐ飛散して危険だということはないので、まずはそのままそっとしておくことですね。もちろん、もしお子さんがいたら、ボールを天井にぶつけて遊んだりしないように注意は必要です。ただし、将来、改築したり解体するときには、適切な処置を施す必要があります」

男性は、冷静な口調で教えてくれました。

「実は……」

そう私は切り出しました。「古いマンションを買ったばかりで、少しずつ自分で出来るところをリフォームしているところなんです。まずは、壁にペンキを塗ったり壁紙を貼ったりしたぐらいなんですが、いずれは台所のこの天井も貼り替えようと思っていまして……」

「あっ、それは危ない！」

と男性は声を尖らせました。そして、「そのときは、自分でやらずに、絶対に信頼の置ける業者に相談してアスベストの飛散防止の対策をしてからにしてください、いいですね」と念を押すように、強く言い含めました。

さあどうしよう、ということになって、私はともかく、アスベストがどの程度危険なのかということをネットや本で調べてみることにしました。そして、自分が発行しているSOHO体験を綴ったメーリングリストのコラムに、番外編として発表することもあるかもしれないと、要点や自分の感想をノートパソコンにメモしておくことにしました。

〈アスベスト（＝石綿　いしわたorせきめん）とは、火山の力でできる自然の鉱物で、溶岩が冷えるときに霜柱のような形で繊維状になったもののこと。日本にはあまりないが、カナダや南アフリカなどのあるところには、ほじれば大量にあるものだそう。〉

〈細い繊維なのにとても頑丈で、熱にも薬品にも強く、繊維だから布のように織ってもいいし、何かに混ぜてもいいし、便利この上ないということで「奇跡の鉱物」として広く使われてきた。〉

〈しかしその素晴らしい物理的性質が、実は大きな災いのもとだった。細かい繊維が人の肺に入り込むと、その形状のせいで粘膜に引っかかって絶対に取れず、それが元で肺ガンや胸膜の癌である悪性中皮腫などの病気を引き起こしてしまうということがわかってきた。〉

〈おそろしいのは、アスベストを吸ってから何かの病気を発するまで、20年〜50年というとても長い潜伏期間があることだ。「静かな時限爆弾」とも呼ばれる。吸引してすぐ病に倒れるようなら対策も取られるし警戒もするが、そんな先の話なものだから、軽視されがちだ。〉

〈一九八七年頃、学校に使用されて問題になったのは、吸音・断熱などの目的で使われる吹きつけアスベスト。これは何もしなくても少しずつ飛散しているという恐ろしいもので、とにかく除去が必要だけれど、実はいまでもかなり放置されたままであるそうだ。〉

〈ウチで今回発見されたのは板材に加工されたアスベストだから、繊維が飛散する危険はずっとずっと少ないもの。東京都環境局の基準では、吹き付け材の除去時は届け出や報告が必須だが、板材については注意のガイドラインこそあれ、行政としての規制のようなものは今のところ特に設けていない。〉

〈じゃあ板材は安全なのかと調べてみると、これがそう軽視できないことがわかった。板として存在しているときは問題がないが、解体とか地震とかで割れると、そのとき

に明確に計測できる量のアスベスト粉塵が飛散するのだ。〉

〈半分推測だが、息を吸ったとき、当然ゴミがあれば捕捉し体外に排出されるが、ある程度以上の量のゴミがあるとこの機能が追いつかずに肺まで吸い込んでしまうというのが、基本なんだと思う。〉

〈しかしいろいろ調べると、ことアスベストに関しては「少量だから安全」ということは言えないようだ。アスベストに関わる仕事をしていた人が作業着のまま家に帰っていたために、奥さんも子供も発病してしまった、という事例があるそうだ。〉

〈たとえば放射線なら、「年間被曝許容値」といったものがあり、一応の基準となっている。しかしアスベストには、こうした「許容値」というものが存在しない。〉

〈アスベストの粉塵を大量に吸い込んだら大変というのはわかるが、吸引がごく少量であっても死に至る可能性があることがわかっている。だから、とにかく全力で除去に当たるべきなのだ。〉

〈そして症状が出るまで長い年月がかかること、病気との因果関係がかなり明確になっていることなどを考えると、よほど警戒すべきことであるようだ。〉

〈……………………………………………………………………〉

2

六年前のその頃は、テレビで昼のワイドショーの時間に、〈リフォームで住まいの内装を変えてみましょう〉という内容のコーナーがよく放送されていたんです。部屋の間取りを広くするために、仕切り壁や押し入れを取り払って、天井を剝いで……。

ええ、その後、〝リフォームの匠〟と呼ばれるような建築家が出てくる番組がゴールデンタイムでも放送されるようになりましたが、それとはちがって、言ってみれば、そのハシリのようなものだったと思うんです。

それまでは、昼食を摂りながらその番組を視るのが、私と妻の楽しみでした。いずれはこの家も、廊下を取り払って、あんな風に広いリビングダイニングにして、と夫婦で語り合ったものです。それが、台所の天井材にアスベストが使われていると知ってからは、その映像が怖くなってしまいました。

「あんなふうに、天井をバリバリって剝がしたり、壁をガンガン叩き割ったりしたら、絶対にアスベストが飛び散ってしまってるよね」

「ああ、知らないで工事をやってるのかなあ」

そう言って、私たちは顔を見合わせ、溜息を吐かされました。

実は、私にも苦い体験があったのです。自由業であるために社会的な信頼が低いので心配でしたが、用意した頭金でどうにか住宅ローンの審査が通って、この中古マンションを手に入れることが出来ました。いちおう東京都内であり、最寄りの私鉄の駅にも徒歩十分の距離で、広さも七十平米以上ある3LDKと、まずまず満足できる物件でした。ただし、築年数が経っているのと、戸数が少ないので、維持管理費が高いことだけが難ではありましたが。

もともと室内は、建った当初からの内装のままで、リフォームは無しで引き渡すという条件でした。こちらとしても、自分たちで好きなようにリフォームしようと思っていましたので、その分価格を下げてもらえて好都合でした。

それで、購入した勢いもあって、知り合いのツテで、主に一戸建てを設計しているという建築家の方に会ってリフォームの相談をしたんです。内装を具体的にどう変えるべきかみたいなことはわかりませんし、例えばやりようによっては、すごく安く上がったり高くついたりもすると聞いていましたので。

建築雑誌にも名前が出ているという人でしたが、いまにしてみると、建築素材のことはあまりわかってなかったみたいです。管理人さんに頼んで、マンションが建ったときの昔の青焼きの図面を取り寄せてもらって（施工した業者はバブルが弾けた時期に倒産してしまっていたので、探すのが大変だったと管理人さんがこぼしていました）、それも建築家の方には始終見てもらっていたんですが、アスベストのことは一言も口にしませんでしたから。

私が、それとは知らずに、天井板を吸音材に替えたいという希望を話したときも、ああそうですか、じゃあそうしましょう、というだけでした。前には気付かなかったんですが、妻が〈アスラックス〉という表示を見付けた後で、青焼きの図面も確認してみると、そこにもちゃんと〈アスラックス〉と記されてあったんです。建築家や家の改築にたずさわるプロの人なら、それがどんなもので出来ている材料なのか、危険なものではないのかぐらいは把握しているべきでしょう。好い加減なものだ、と心底、唖然とさせられました。

その建築家は、いちおうリフォームの提案はくれたんです。「じゃあ、キッチンはオリジナルでつくりましょう」と。でもそれは、素人の私から見ても、集成材のようなものに角の部分だけテープを張って隠して、みたいな、すごい安い作りだったんです。

――これはちょっと、いくらなんでもないでしょう。何年かしたらガタが来そうだし。

と言って断ったんですが、この人は、新築の建物の表層的な見映えのようなものしか考えていないんだな、とつくづく思わされました。

あのとき、彼の提案どおりにリフォームしていたら、例のテレビの映像どおりの解体の光景になっていた、と考えると今でもぞっとさせられます。

「これから、どうしようか……」

と私と妻は、台所の天井を見上げながら思案に暮れました。『アスベストセンター』の男性が言うように、このままそっとしておけば、問題はないのかもしれないが……。それでは、せっかく自分たちで好きなようにリフォームして住もう、とした目論見が外れてしまう。いやそれ以上に、危険だと知ってしまったものと一緒に暮らしていくことに果たして耐えられるだろうか、という懸念がありました。

取りあえず、私は、マンションの管理人さんに事の次第を報告することにしました。六十代の管理人さんは、前は設備屋に勤めていたということで、それは大変だ、と理解を示してくれました。ほかの居住者にも、いちおう知らせておいた方がいいかもしれない、ということになり、一緒に最上階の五階に住んでいるマンション管理組合の理事長の所へ出向いたんです。すると、理事長の家は、すでにキッチンが流行りのシステムキッチンにリフォーム済みだったのです。もちろん天井も壁も、新しく貼り替えられてありました。

「五年ばかり前に、このマンションの居住者から希望者を募って、まとめてキッチンのリフォームをしたんだよ。ちゃんとした業者がやったんだから、問題ないですよ」

と私の親ぐらいの七十代と見える理事長は、事もなげに言いました。

「前の天井板には、アスベストが含まれていたんですよ。アスベストが飛び散らないように、何か対策を施したんでしょうか。工事には立ち会ったんですか」

と私が訊ねても、ともかく、しっかりした業者に任せたから、大丈夫なはずだ、という返事が返ってくるばかりです。

その、〝大丈夫〟の根拠は、いったいどこにあるんだよ、と私は心の中で毒づきました。

挙げ句に理事長は、

「たとえ私がアスベストを吸い込んでしまったとしても、病気になるのは、三十年、四十年以上も後なんでしょ。若いあんたたちとちがって、その頃には、私はもう死んでますからなあ」

と、さも自分は無関係であるかのように笑いました。

もしかしたら、マンション全体で、アスベスト除去工事が行えないか、理事会に諮ってもらえるかもしれない、と管理人さんと話していたのですが、甘かったと思い知らされました。逆に、あんたも引っ越してきたばかりで、あんまり騒がないでくれよな、いたずらに住人の不安を煽るようなことはしないでくれ、と釘を刺される始末でした。

心外でした。私はもともと、二酸化炭素を削減すべきだとか、ダイオキシン汚染や残留農薬、食品添加物に気を付けましょう、というように衛生や環境問題をことさらに騒ぎ立てるのは、好きではありません。妻も同様です。「危険なモノ」「体に悪いモノ」に対する考え方は人それぞれなので、我が家では「死なないなら、あまり神経質にならずに、おおらかな考えで」というのを基本方針としています。

しかし、アスベストは、今回の一件をきっかけに、ネットや本で調べれば調べるほど、「死に至る恐ろしいモノ」で、世界中にすでに多くの被害が出ていること、そして世間が必要なはずの注意を怠ってしまっている現状があることがわかったので問題としているのです。それが伝わらないもどかしさを強く感じながら、理事長宅を後にしました。

「さっきのリフォームの話ですが、業者はちゃんとアスベストの対策は取ったんでしょうかね」

エレベーターの中で私が訊くと、

「まさか。私が管理人になる前のことみたいだけど、当時そんなことをした話は聞かないものなあ」

と管理人さんは答え、「私の前の仕事仲間たちも、結構肺癌で死んでるんですよ。設備屋も、水道管の繋ぎ目なんかに使うパッキンだとか、コンクリートの水道管にも石綿が入っていたから、ずいぶん吸ってたはずなんです。そのせいじゃないかっていう者もいるんだけど、会社自体倒産してしまったから、今から騒いでも遅いんだろうけどねえ」と力なく頭を振りました。

私は、自宅に戻ると、すぐに妻に報告しました。

「自分たちが生きているうちは大丈夫なら構わない、っていう理事長の言い草はないよなあ。年金だってなんだって、あの年代の人たちの後始末をさせられるのは、これからのおれたちなんだぜ」

憤懣を抑えきれない私を、まあまあ、落ち着こうよ、と妻が宥めました。私は、激しやすい性格なので、彼女の冷静さに、これまでもずいぶん救われてきたところがあります。

「……でも、わたしたちだって、子供がいなかったら、ここまで心配はしなかったんじゃないかしら」

と妻に言われて、

「ああ、それは確かにそうかもしれないな」

と私は思い直しました。

結婚してから、私達夫婦は七年ほど子供に恵まれなかったのですが、そのときなら、別に四十年後に発症しても、どうせその手前で飲んだくれて死んでいるだろう、と思ったにちがいありません。しかし今は、子供たちが三十年、四十年後に、三十歳や四十歳の若さで発症したら、と思うとたまりません。そのとき、今の自分が何らかの手を打たなかったことが悔やまれるでしょう。

三十五歳で初めて子供ができてから、私はだいぶ人生観が変わりました。ちょっと大袈裟かもしれませんが、こうやって人類の歴史を継いでいく、という思いが不思議と生まれてきたのです。だから、子供たちには、出来るだけ負の財産を遺さないようにするのが、親である自分たちの使命だと自然と思えるようになりました。

それとともに、理事長のような考え方をしている大人を知るにつけて、アスベストの問題は、これまで自分がこの国に抱いてきた疑問や不満とも大きく結びついているようにも気付いたのです。

例えば、違法駐車。二車線しかないときに、道が渋滞してるようなところで一台置けば、当然一車線潰れてしまいます。私にはあれが、常々どうしても理解できません。人が頻繁に通っている通路に、自分が置きたい荷物を置いておいたら、他の人に邪魔になって申し訳ないので、そういうことはしないのに、車の場合は、何でそこに置いてしまうんでしょうか。そんなふうに、同じ日本人で同じ環境に暮らしてきているというのに、なぜそういう意識になるのかわからない、ということは一杯あります。

例えば以前も——子育てするといろんなことに気づくんですが——、ベビーカーを押してエレベーターを待っていたんです。ベビーカーと一緒に乗ろうとすると、ガガガガッと横から割り込まれてしまいました。いちおう順番というものが世の中にはあって、普通はみんな、そんなに割り込んだりはしないんですが、なぜかベビーカーと一緒にエレベーターを待ってると、みんなが我先にと前に割り込んでくるんです。意外と年齢的に上の人のほうが、気がつかずにずんずん入ってしまう。若い人はちゃんと守るんです。そういう傾向に気付くと、もしかしたら子育てが済んだ年配の世代の方たちには、ベビーカーというのが見えていないのかなあ、と。

それから、ついこのあいだも、アメリカへ仕事で出かけたときに、成田空港でスーツケースを引いて、エスカレーターじゃなくてエレベーターのほうへ行ったんです。すると、乗ったエレベーターは満杯だったんですが、途中階で開いた扉の前で車椅子の方が待っていたので、私は当然、降りたんです。次のエレベーターに乗るなり、エスカレーターで行くなりしようと。でも、私しか降りなくて、一人だけだと車椅子が中へ入るスペースには足りないんです。皆が、我関せずといったふうに十二秒ぐらい沈黙していて、そうしたら車椅子の方のほうが気まずく思ったらしくて、「どうぞお戻りください」と私に言うので、しようがなくエレベーターの中に戻ったんです。まあ、ボソッと、「誰か降りろよな」と呟いたんですけど……。

社会の基本ルールで、車椅子の方をかばうとかじゃなくて、自分たちはエスカレーターでも行けるという、別の選択肢がある中でエレベーターに乗ってる人と、エレベーターでないと移動できない人がいた場合には、当然、前者の人が退くのは当たり前だと思うんです。でも、そのシンプルな考えが通用しないというか、それと違う考え方をする人のほうがたくさんいるというのが不思議なんです。そして、その普通に考えるということが出来ない人たちが、いつからか日本をコントロールして来たんだろうなと。

アスベストに限らず、いまの日本は、そういう細かい不幸が積み重なっている社会になってしまっているのではないかなあと、折に触れて感じることが多いんです。

そんな思いも後押しして、私は、目の前に、取り除かなければ家族に危険を及ぼすものがあるのなら、その危険性の大小や、可能性をあれこれと推測しているよりも、それを取り除くことをシンプルに普通に考えよう、と決意しました。

「費用がいくらかかるか想像も付かないけれど、ともかくこのアスベストを除去してくれる業者を探してみようと思うんだ」

と妻に持ちかけると、

「子供たちのためにも、そうしようよ。リフォーム代が少しかさんでしまったと思えばいいんじゃないかしら」

と賛成してくれました。

3

　子供たちは、埼玉県の川越にある妻の実家に避難させて、そこから家の近所の幼稚園までわざわざ通わせることにしました。休ませてもよかったんですが、本人たちも何とか通えるというので、私からも、頑張って一週間だけそういう生活をして欲しい、と言い聞かせました。そうして、さっそく私は、アスベスト除去を行っている業者を本格的にインターネットで調べはじめました。

　いまでは、クボタショック以降、アスベスト除去工事を行う業者が雨後の筍のように乱立していると聞きますが、六年前の当時は、まだそれほどでもなく、おまけに個人宅の工事を請け負ってくれる業者は、インターネットで検索すると首都圏でも数えるほどでした。その中から三社を選んで、ともあれ見積もりを出してもらうようにしました。

　驚いたことに、工事金額は、一番安いT社で三十二万円、一番高いN社は八十五万円、もう一つのA社は七十二万円と様々でした。見積書からだけでは、金額による差がどこにあるのか素人にはわかりません。ここでも、管理人さんに相談してみることにしました。

管理人さんは、三社の見積書をパラパラめくってから、

「ああ、ここが一番良心的じゃないかな」

と指し示してくれました。

それは、唯一下見にも訪れ、最も安い金額を提示してきた業者でした。他の部屋の天井や壁も図面と照らし合わせて調べてもらい、アスベストが含有されている建材を使っているのは台所の天井材だけなので、一日の工事で大丈夫でしょう、と言って六十代半ばと見える担当者は帰って行きました。

管理人さんに理由を訊くと、見積書の内訳が、ほかの所はほとんどが「工事一式」となっているのが、その会社だけは、「養生費」「石綿含有建材撤去、袋詰め工賃」「運搬費」「処分管理型最終処分場」「散水又は飛散防止剤、除去後の固化剤」「粉塵濃度測定」「マスク、フィルター、防護服」……、といった具合に、最も詳しく項目分けされているからだといいます。

「お役所や企業相手にはしっかりとした見積書を出すのに、個人宅の工事には一式とだけ書いて手抜きするような所は止めた方がいいですよ。たぶん、この一番高い金額を付けてきたところは、大がかりな工事が主で、最低でもこの金額以下の工事はやら

ない、ということだと思うし。ここは確かに一番安いけれど、安かろう悪かろうではないと思うよ。下見にも来て、状況を一番よく把握しているっていうことなんじゃないですかねえ」

「そういうものですか」

と答えながらも、私は、安く済むのにこしたことはないけれど、同じ内容の工事をするのに、三倍近くの価格差があるなんて、何だかいい加減なものなんだな、という不信感が拭えませんでした。

除去工事当日は、私だけが立ち会うことにしました。とは言っても、危険作業なので、シートで覆われた除去作業現場の中へはもちろん立ち入ることはしませんでしたけれども。管理人室と部屋の入り口とを行ったり来たりして待つことになりましたが、台所の天井、ほんの二十平米ほどを撤去するだけなのに、下見にも来たベテランらしい人と二十代前半の痩せた若者の二人の作業員とで、ほぼ一日がかりでした。

〈石綿含有建材撤去工事〉と書かれた工事用の黒板を入れた工事前の写真を数枚撮ると、最初に、部屋の天井、壁、床が、厚手のビニールシートで養生されました。

ビニールシートを触らせてもらうと、釘も刺さらないような厚みと硬さでした。養生するのは、台所だけではなく、隣接している浴室、洗面所、居間、廊下もです。天井裏などを伝って、それらの部屋にも、髪の毛の五千分の一の細さの目に見えないアスベストの粉塵が漂っていく危険性があるから、とベテランの作業員に説明されて、なるほどと私は納得させられました。

シートの外側から窺っていても、わずかな隙間も生まれないように繋ぎ目を三十センチほど充分に重ね合わせた上から緑色の粘着テープで貼っていき、床は二重に養生するなど、結構手間がかかるのがわかります。

それをすっかり終えると、箱形の装置が持ち込まれました。訊ねると、負圧除塵装置といって、作業領域内を負圧に保つことによって汚染された空気を外に逃がさず、また空気を交換することで、アスベストの粉塵濃度を低減させるのだといいます。フィルターが三重になっていて、吸引された汚染空気は、濾過されて、清浄な空気となって外気へ排出される仕組みです。蛇腹になった排出口を細目に開けた玄関の扉から出したその装置が、モーター音を立てて起動をはじめたところで、昼の休憩となりました。

管理人さんは、管理人室で弁当を食べてもらって構わないと言ってくださったのですが、いえ結構です、こっちの方が気楽ですから、と作業車の中で食事を摂り、足をダッシュボードに伸ばして身体を休ませていた作業員たちは、ラジオが午後一時の時報を鳴らしたのをしおに、午後の作業に取りかかりました。

　今度は、現場の中でパンツ一丁になって、フードが付いたつなぎになっている防護服に着替えました。プラスチックシートが、少しだけ内側にへこんでいるのは、中が負圧になっている証拠なのでしょう。

　次に、靴の上から、ブーツ型のシューズカバーを防護服との隙間からアスベストが入り込まないように重ね合わせて履き、足首の所をしっかりとテープで留めました。そして、ラテックスの手袋をはめた上から、さらに防護服と同じ素材らしい手袋をはめました。最後に、顔全体を覆う防じんマスクを装着。その様は私に、以前観た映画の『ゴーストバスターズ』を思い起こさせました。

　アスベストが体内に入り込まないように、出来得る限り、幾段階にも注意を重ねていることがよく実感されるとともに、あの日自分は、本来はこうやって扱わなければならないモノを、素手で、マスクもせずに剝がしてしまった、と痛感させられました。

〈アスベスト除去中　立入禁止〉のプラスチックプレートをベテランの作業員が玄関に下げると、促されて私は、そこから離れなければなりませんでした。

「しっかりと工事写真を撮っておきますので、後でそれを見てもらいながら説明しますから」

と、言い置いて、作業員はビニールシートの中へと再び身体を潜り込ませて入りました。

……養生をすべて撤去した作業員が、防護服から作業着に戻り、アスベストが含まれていた天井板をすべて袋詰めにしてトラックに詰め込み、工事が完了したときには夕刻になっていました。

これで見納めというように、密閉された袋の中の天井板を頼んで触らせてもらい、コンコンとやってみると、カンカンと響く感じで、軽くて丈夫、という材質の感触が手に伝わってきました。これが出来たときには、天井材として優れた素材だったんだろうな、とふと思わされました。しかも石油製品でもない、自然素材、天然素材です。自然界にあるもので作られて、それほど人間の身体に悪いものが存在したとは、ちょっと不思議な思いになりました。

施工完了の確認を、ということで部屋へと戻ると、台所の天井が、そこだけぽっかりと大きく天井裏を覗かせていました。

「後日、工事写真を持って改めて説明に上がりますけれど、垂木やコンクリートの所にも、念入りに飛散防止抑制剤を塗っておきました。室内は、真空掃除機で隅々まで清掃しておきましたから」

　とベテランの作業員が説明しました。「それから、今日撤去した石綿ボードやシート類は、こちらで責任を持って産業廃棄物の最終処分場の方へ持ち込みます」

　二人を駐車場まで見送り、用意しておいた缶コーヒーを渡して、本当にお世話になりました、と礼を言うと、

「個人の家で、石綿の除去工事を行うことは滅多にないんですよ。みんなアスベストが原因の病気なんて、特殊な職業に就いている人だけがかかる職業病だぐらいに思ってるでしょう。でも、これから、家を改築したり建て替えたりするときには、本当に危ないですよ。お客さんみたいに、ちゃんとした対策を取らないと、自分で知らないうちにアスベストを周りに撒き散らすことになりかねないんですから。はら、あそこの家の屋根は、カラーベストっていう、やっぱりアスベストが入っている屋根材なんです。あれで屋根が軽く出来るようになったから、柱が細くても家が建つようになったんです。それから、家の外壁に貼ってあるサイディング材にもアスベストが入っている。みんな自分の所もそうなのを何も知らないで住んでるんですよ」

　とベテランの作業員が周りを見渡すようにしながら教えました。

　すると、それまで口をきかなかった若い作業員も、

「うちに除去工事の見積もりを頼んできたのに、その後で、もったいないと思ったのか、覆いもしないで解体工事をしている建物なんかざらっすよ」

と口を挟み、ですよねえ、と同意を求めるようにベテランの顔を見やりました。

「こっちがせっかくアスベストが飛ばないようにしてるってのに、あっちこっちでさんざん撒き散らしてるかと思うと虚しくて、たまんないっす」

その怒りは、私にもよくわかりました。

「私は、以前は塗装屋をやってまして、そのときの腕がいかせるから転業したんですが、でも昔は、石綿っていえば、ずいぶんと重宝したもんでしてね。漆喰の仕上げを見栄えよくするときなんかにも使ったもんなんです。だから、誰かがアスベストの後始末をしてあげないとねえ」

とベテランの作業員は複雑な表情になって言うと、では、工事写真の現像が上がったら、また電話して伺いますから、と一トントラックの助手席へと乗り込みました。

それを見送りながら、私は、後始末を仕事としている人もいるんだな、とはっとさせられていました。

翌日の午前中、T社から依頼されたというアスベスト粉塵濃度を測定する機関の測定者が訪れて来て、二時間かけて捕集した六百リットルの空気の中のアスベストの繊維の本数を調べていきました。その結果は、分析可能な数値である「0・5繊維本数／L」未満である、つまり「アスベストがまったく検知できず」という形で、我が家のアスベスト問題は一件落着したのでした。

ほぼ一週間ぶりに家に戻ってきた子供たちは、台所の天井板がすっかり無くなってしまっているのをみて、「穴が空いちゃった。お部屋の虫歯みたい」と、最初は驚き、怖がってもいました。それでも、天井裏に丸見えとなっている電線や排気ダクトなどを説明してやると、興味を抱いたようでした。ひと頃流行った、打ちっ放しのコンクリートの建物の空間を私は想いました。

「何とか俺は、子供たちに細かい不幸を与えずに済んだのかなあ」

その夜、寝床の中で私が呟くと、

「うん、頑張ったと思うよ。ありがとう」

と、隣で妻は言いました。

それから、およそ一年後のことでした。

大手機械メーカーのクボタが「兵庫県尼崎市のクボタ旧神崎工場の従業員七十八人がアスベスト関連病で過去に死亡し、工場周辺に住み中皮腫で治療中の住民三人に二百万円の見舞金を出す」と公表した、いわゆる「クボタショック」が起こり、日本でアスベスト問題が再燃したのは。

そのときにも、我が家のマンションと道路を挟んだ敷地では、一九七〇年代に建てられて老朽化した都営住宅が、簡単な囲いをしただけで、盛大に取り壊しが行われていました。

結局、その後、工務店に頼んで、カーペット敷きだった床をフローリングに替え、床を剝いだついでに、錆付いて赤い水が出ていた給水管も引き替えて、風呂場と洗面所の位置も移動させ、廊下の間仕切りも取り払って、念願の広いリビングダイニングと、その奥には、私の仕事場も新しく設けることが出来ました。リフォームにかかった費用は三百万円ほどでしたから、アスベスト除去にかかったのは、その一割強といったところでしょうか。

新しい仕切りの壁のペンキ塗りは、六年経ったいまも、まだ済んでいません。まあ骨格だけはしっかりさせたつもりなので、これから、中学生になった上の子供にも手伝わせて、見た目の方は、ぼちぼちと仕上げていこうと思っているところです。

うなぎや

萌葱《もえぎ》色の布地に「うなぎ」と白く染め抜かれた暖簾《のれん》を搔き分けて引き戸を開ける。

まいど、と声がかかり、カウンターの三席あるうち一つだけ空いていた一番手前の椅子に腰を下ろす。ほかにテーブルが二つある店内には、先客が七、八人。目の前の臙脂色の調理服を着た大将は、腹開きにして頭のついた長いままのうなぎを五匹並べて金の長串にちょうど刺し終えたところと見える。

こちらに小さく頭を下げて目だけで挨拶をした大将は、長串を持ち上げて、備長炭の炭火の熾った焼き台へと載せ、いよいよ蒲焼を焼きはじめる。

大将の脇で手伝っている若い店員に、うざくを頼み、それから、お酒、ぬる燗で、と言い加える。うなぎやでは、夏でも冷酒よりぬる燗がふさわしいと思える。鰻重は奮発して、丸一匹使った「上」にしよう。

割烹着姿の大将のお母ちゃんが運んできた、きれいな煮こごりが半分入った店特製のうざくをつまみながら、焼け加減をみて、しょっちゅううなぎの串をひっくり返し、火当たり具合によってこまめに位置を変えていき、炭もうごかす大将の手さばきを、ほれぼれと眺めやる。

手が空いたら、大将も高校時代に熱心に視ていたという、木下恵介が企画して山田太一が脚本を書いたテレビドラマの『それぞれの秋』の話でもしたいものだが、客も多そうだから、また今度の機会とするか。

そのドラマは、平凡なサラリーマンの家族の話で、セールスマンをしている兄はがさつな性格で仕事の自慢話ばかり、妹は隠れて不良グループのメンバーになっている。主人公の家族思いだが気の弱い大学生の次男は、悪友にそそのかされて、失恋のショックで痴漢をしてしまい、不運にも不良グループの女子学生を相手に選んでしまう。そんな頼りない次男坊が、小林桂樹が演じる父親が脳腫瘍となった一家の危機を救おうと奮闘するという話だった……。

焼きに集中している大将の真剣なまなざしに、話しかけるのはやはりためらわれる。

＊

そんなうなぎやのことを、茂崎皓二が折に触れては思い浮かべるようになって、およそ十五年という歳月が経った。四十代を過ぎ、五十代を過ぎて、還暦も越えた。その間に震災を経験し、今は新型コロナウイルス禍の渦中にいる。それなのに、三つ年上にあたる大将は、いつまでも働き盛りの面影のままで年を取らない。

うなぎやの大将こと、松谷祐二が兵庫県尼崎市に生まれたのは、日本が高度経済成長期に入り、戦前の最高水準にまで経済が回復して、もはや戦後ではない、と経済白書に記された一九五六年だった。一九四五年六月一日と十五日に、米軍のB29による大空襲で大きな被害を受けた尼崎の街も、一九五〇年に勃発した朝鮮戦争にともなう特需景気によって戦災からようやく復興し、前年には、たびたび台風被害に遭ってきた尼崎市域を守るための海岸部全域を覆う大防潮堤建設が完了した、という時代。

祐二が幼少期を過ごしたのは、尼崎市を走っている三つの鉄道——北から阪急、国鉄、阪神のうち、阪神電鉄沿線に近い崇徳院で、そこは、保元の乱に敗れた崇徳上皇が讃岐国に流される途中に休息し、死後にその霊を村で祀った故事にちなむ地名を持つ土地である。一九七〇年代の終わりから一九九〇年代半ばまでは、阪神タイガース二軍の練習やウエスタン・リーグの試合に利用されていた阪神浜田球場があった。

大工だった母方の祖父が最初に建てたトタン屋根の家は、小さな木造のバラックのような家で、水道も無く、母親が、墓地を挟んで二〇〇メートルほど先の養豚場まで、天秤棒にバケツ二つ担いで水を汲みに何度も行き来しては、大きな水瓶に貯めていた。

家は、蓬川《よもがわ》という川沿いにあり、台風や大雨が降ると床上浸水して、筏を作って移動したこともあった。それを見かねて、祖父が今度は、納屋も付いた見た目は結構大きな家を建てた。だが、外壁も屋根もすべてトタンで、内壁はベニヤ板、その間は断熱材も何も無く空洞だったので、雨が降るたびに、バタバタバタバタ、ダダダダダダと物凄い音がした。

家のトタン屋根の上で、祐二は二つ違いの兄の智と、よくチャンバラごっこをして遊んだ。屋根の上からは、蓬川の土手と、その向こうの海の方角に、もくもくと黒い煙を吐き出している工場の煙突の連なりが望めた。そのうちに、トタン屋根がボコボコになり、錆びて穴があいて、雨が降ると家の中のあちこちで雨漏りがして大変だった。

家の隣には、後に公園やグラウンドとなる大きな空き地があった。母親は、新潟で百姓をしていた経験から、何年もかけて空き地にどんどん勝手に畑を作り始めた。トイレは汲み取りだったので、汲み取ったそれを肥やしにしていた。なすび、キュウリ、トマト、カボチャ、スイカ、メロン、トウモロコシ、枝豆、瓢箪……。さらに菜の花畑まである、とても母親一人で耕したとは信じられないほどの広範囲の畑となり、近所の旅館の人などが野菜をもらいに来るようにもなった。足が速くなりたかった智と祐二は、成長の早いトウモロコシを植えてもらい、それを毎日飛び越えて、駆けっこの練習をしたりした。

家にはまた、なぜか動物が多く集まり、犬、猫、にわとり、アヒル、ウサギ、鳩、鯉や金魚、亀までいた。ウサギ小屋や鳩小屋まであったので、夏休みになると小学校からウサギを預かってもらえないかと頼まれることもあった。とくに祐二は、生きものが好きだった。

そんな光景には、父親はあまり登場しない。父親は、若い頃は電鉄会社に勤務していたが、車両のジョイントに右指を挟まれてしまい、切断された指を拾ってくっつけた、それがあって左利きというか両利きになった、と幼い兄弟はよく聞かされたものだった。それとともに、酒を飲むと繰り返し話したのが、昭和二十三年六月二十八日に起きた福井大震災のときのことで、線路が飴のようにクニャクニャと曲がりくねって、近くの田んぼの水が噴水のように飛び跳ねていた光景を語ってみせ、しまいには、お父ちゃんもな、電柱にしがみついて、こうやって振り回されたんや、と身振り混じりで笑わせた。

その後、バス会社やゲームセンター、仏壇や贈答品の営業などと職が変わった父親は、オシャレ好きで見栄っ張りな性格だったので、人前で格好を付けることがあり、浮気もたびたびで、母親が何度か兄弟の手をひいて家を出て、夜中にずっと歩き続けたこともあった。

最初のバラックの家にいた頃に、母親が肺結核となり、近くの病院に入院したときにも、父親は家事を手伝うこともなく、母親が病院を抜け出して水汲みに行っていたりしたので、このままではいけないと、あえて遠い加古川の病院に入院して、片肺を切除する手術をした。そんな苦労をした母親を見て、兄弟は育った。

父親に似て体格が良く、やんちゃな弟に比べ、兄のほうは母親ゆずりの小児結核を患ったこともあって華奢な身体付きのおとなしい性格で、外でよくいじめられていると、必ず助けに来るのが弟の祐二だった。どこからか、正義の味方、月光仮面みたいに颯爽とあらわれて、年上のガキ大将でもみんな追っ払う。もっとも、家の中では逆で、遊びに使う段ボールの箱の取り合いでは、智も負けてはおらず、兄貴然としていた。

祐二が中学一年になった一九六九年に、そこから国鉄の尼崎駅近くにあった県営住宅へと一家は引っ越すことになった。当初は平屋造りだったが、すぐに鉄筋コンクリート造りの団地に建て直され、最上階の五階に移ることになる。当時は、戦後の住宅不足解消を目指して建てられた団地に住むのは庶民の憧れだった。隣地は水道管などを製造する工場で、住宅地との境にフェンスなどはなく、子どもの遊び場となっていた。

まだ舗装されていない道路は、粉塵で白っぽくなっており、トラックが走ると砂埃が舞い上がるために、近くを歩くときには皆ハンカチで口を覆うようにしたが、高度経済成長期の工場近くは、全国どこでも似たり寄ったりの光景だといえた。

五階の部屋が抽選で当たったときには、エレベーターが無いので、上り下りは少々大変だったものの、

――よかった、五階でもええわ。ええ空気や。ええ風が入るわ。

と親子で喜び、深呼吸した。

祐二の母親は、三十代のときに新潟から公害のひどい尼崎に出てきて結核を患い、片肺を切除していたから、その思いは切実だった。二人の子供たちを自分のような目

に遭わせなくて済む、という安堵とともに。

大きな病気もせずにすこぶる健康に育った祐二は、中学で体操部に入り、数々の競技大会で入賞する。得意種目は鉄棒。賞状を手にしてベランダに立つ祐二を、母親が自慢気にカメラに収めた。高校生のときには、体操部の練習のかたわら、自宅隣の工場で建材運搬のアルバイトにも精を出した。また、その頃から、バイト代で手に入れた八ミリフィルムカメラで映画を撮るのが趣味となり、大きな土管が積み上げられている隣地は、恰好のロケ現場となった。

高校を出た祐二は、尼崎の中央市場で働くことに決める。映画を撮るために、昼間の時間が自由になる市場の仕事を選んだのだから、市場の一角にあったうなぎを卸す店で夜中から翌日の午前中まで働いて、その後は好きな映画撮影にあてるという日々。兄の智はまだ親と同居していたが、祐二は高校卒業とともに家を出て独立したものの、元来母親思いなので、ちょこちょこと母親のところに「よう」と顔を出しては、市場で手に入った新鮮な魚や野菜を渡すのだった。

祐二は、市場でうなぎ職人の修業をしながら、大阪の写真専門学校映画科の夜間部で学ぶようにもなる。二年生前期のグループ実習では、制作主任を務め、尼崎の団地などの撮影現場をいとも簡単に用意するなど、頼り甲斐があり気持ちのよい男として皆から好かれた。しかし、過酷な映画ロケと市場勤めとの両立は難しく、二年生の後期に学校を中退することとなった。祐二にとって初めての挫折だった。

それでも、映画撮影の趣味は続き、子供の頃から生きもの好きだったこともあって、市場で捨てられていた薄汚い猫を拾ってきたところから始まるドキュメンタリー作品を三年がかりで撮ったり、市場の仕事仲間や取引先の人たちを募って旅行をする際には、いつもショルダータイプの八ミリのビデオカメラを回す祐二の姿があった。給料をはたいて手に入れた愛機はＳＯＮＹのＣＣＤ－Ｖ２００。一九八八年三月に発売されたＰＣＭステレオ録音機能搭載の機種で、当時のアマチュアでは最高の部類に入るものだった。

祐二の撮影は、あたかも予めロケハンして台本があるように、カメラ位置から銘々のポーズまでが決まっていて、少し甲高い声で指示が出され、宿の夕食のときも、乾杯するまでひと手間かかった。それでも皆は、人を楽しませることが好きな祐二の人柄に免じて、喜んで被写体となって演じてくれた。

それから、たくさん収集した映画のコレクションの中でも、ジーン・ケリーが、土砂降りの雨の中で主題歌を歌いながらタップダンスを踊るシーンが有名なミュージカル映画『雨に唄えば』が、中学生のときからとりわけ好きで、音楽に合わせて傘を持って振り回して踊っている自撮りのビデオクリップも制作したほどだった。さらに、『木曾の嫁はんさがし旅』『我が道を往く』『祇園囃子』『紀州路行こう』『信楽狸旅』『余呉湖で松茸』『ポンポコチャチャチャ』『瀬戸のエーゲ海』……、そんなタイトルのラベルが貼られたビデオテープが、次々と自室のビデオ棚に並べられていった。一九九五年の阪神淡路大震災を経験してからは、しっかりと転倒防止機能が付いた棚に収納されるようになり、ビデオテープのコレクションは、千本をゆうに超えた。

若さと体力には自信があったので、無理をすることはあったが、身体をこわすこともなく、相変わらず祐二は医者にかかることは皆無だった。そんな中、働き詰めで仕事をしている最中に、釘を踏んで足の裏を怪我してしまった。それが化膿してしまい、市場の同僚たちは破傷風を心配して病院に行くように勧めたものの、当人は、

——母ちゃん、病院に行ってこい、行ってこいってみんなが言うけど、病院ってどうやって行くんや。

と聞くほどの病院知らずで、かかったのはその一度きりだった。

父親に反発して育った祐二は、曲がったことが嫌いで、頑固というか、一つ決めたら最後までやり抜く性格だったから、先輩たちからの信頼も厚く、うなぎ職人になる修業は順調だった。串打ちは、少しでも脂ののりや皮の固さが違うと、焼きむらが出

てしまい、味や見た目が大きく落ちてしまうから、太さや厚さが揃ったうなぎを刺すことが肝心であり、割きは、何と言っても鮮度を保つために、正確に素早く捌く技が必要となった。

仕事用の日記には、〈串と串の間は4センチ〉〈ここの串は等間隔に〉などと、その日覚えた事柄を図を添えて忘れないうちに記した。

——職人は、仕事を教わるんやないで、盗むもんや。

と先輩からは口酸っぱく叩き込まれた。

それらの修業を積んだ祐二は、いよいよ焼きも始めるようになった。焼きの修業は一生やからな、といわれて、身が引き締まるとともに、よくここまで辛抱したな、と自分を褒めたい思いとなった。

脂ののったうなぎは強火で炙って余分な脂を落とすが、皮が固い場合は、強火では表面が焦げて中が生臭くなるので、弱火でじっくりと焼く事が必要などと、さらに技術が求められる。市場の一角にあるうなぎを卸す店の調理場で、一人で蒲焼を任されているときには、手順の合間合間に、ダンベルで腕の筋肉を鍛えたり、また片隅には映画撮影に使う居合刀も置かれ、長い刀を素早く鞘から抜き、納刀してみせる居合抜きを練習したりした。

やがて祐二は、大阪の福島区にある中央市場のうなぎの卸屋にも出入りするようになった。その頃になると、団地住まいの母親のところにたまに寄るときの手土産に、うなぎの蒲焼を持参することもあった。

――これは一流の料亭なんかで出すやつやから、すごくおいしいんやで。

と祐二が自慢するだけあって、母親がそれまで食べたことないような分厚さだった。こんなうなぎあるんか、と母親は思い、滋養の付くものを食べさせようとする息子の気持がうれしかった。祐二は、例の尼崎の市場から拾ってきて、家で飼いながら撮影した、「イチバ」と名付けた猫にも、ときどき店で余ったうなぎを与えていたら、薄汚れていたのがどんどんつやつやになって、栄養が良すぎてごっつ凶暴になってしもた、と笑わせた。

祐二が四十を前にした頃に、父親が亡くなると、結婚して所帯を持っていたので疎遠になっていた兄との付き合いも戻り、兄弟で連れ立っては団地で独り暮らしをしている母親のところへ顔を出して、援助するようになった。そこでもうなぎはときおり振る舞われた。

女に興味がないわけではなく、意中の人もいたが、結局四十を過ぎても独身だった祐二は、街中のワンルームマンションから、少し広い中古マンションを購入して転居する。エレベーターの無い五階に住んでいる母親が、杖を突くようになり、外へ行きたがらないので、一緒に住もうかと思ったのだった。兄も手伝って探したそこは、武庫川沿いで景色も良く、母親が通院していた病院にも近かった。

そして何よりも、十一階建ての建物にはエレベーターが付いていた。いつからか、自分の結婚は二の次で、母親をエレベーター付きの家に住まわせるのが、祐二の念願となっていた。けれども母親は、住み慣れた団地を離れたくない、話し相手の友だちもたくさんおるから、行かへん、と頑として応じない。

そのうち、しんどくなったら来るやろ、と祐二は気長に待つことにして、母親を訪ねる回数を月一度から二度、三度と増やし、その都度小遣いを置いていくようにした。そして、もう一つの念願の実現のほうに取りかかった。それは、うなぎ職人としての修業もそろそろ三十年となり、厄年も越えたことから、独立して店を持つというもくろみだった。市場の仲間や友達たちも、祐二、店やりー、と応援してくれて、仕入れはどこそこから、店の場所はこのあたりがええ、と店の青写真をいろいろと話し合っては盛り上がった。

二〇〇四年二月、祐二は宿や料理店も手配し、母親と兄家族と一緒の京都旅行を企画した。杖を突きながら母親も参加した旅の様子は、もちろんビデオで撮影された。

二条城などを観光し、渡月橋から船で渡る料理旅館で一風呂浴びた後、夕飯に舌鼓を打ちながら、祐二は満を持して、店を持つ計画を家族の皆に話したのだった。一同は即座に、それはええな、と賛同した。

——やるんやったら、おばあちゃん掃除好きやから、店の片付けとか、料理運ぶの手伝ってもろたらええわ。

と、孫が生まれてからは、おばあちゃんと呼ぶようになった兄の智が言うと、母親は満更ではないように、身体がうごくうちはええよ、と請け合った。

——そうやな、おばあちゃんの田舎料理はおいしいから、教えてもろてメニューに加えたらええんとちゃう。

——忙しいときは、あたしもバイトして手伝ってあげる。

智の妻と娘も声を挙げた。

——人を雇わんと、みんな家族で手伝ったらええんちゃう。

誰ともなく提案し、

——そうや、それがええわ。

と、母親は目を細めて祐二を視つめた。

＊

二〇〇五年六月三十日の朝は、茂崎皓二にとって、いまでも忘れられない朝となった。梅雨の晴れ間に恵まれた日だった。

訳あって首都圏暮らしを引き揚げ、故郷の仙台に住むようになっていた茂崎は、連れ合いと一緒に朝食を摂りながら広げた朝刊の一面に掲載されている記事に目が釘付けとなった。そこには、昨日、大手機械メーカーのクボタが、〈尼崎市の旧神崎工場で働いていた従業員ら78人が、アスベストが原因のがん、中皮腫などで死亡していた〉と発表し、さらに、周辺住民にもアスベスト疾患が発生していることを公表した、と報じられていた。日本中に衝撃を与えたいわゆる「クボタショック」の幕開けだった。

茂崎は、二十代から三十代の初めにかけて、一九八〇年代の東京都内で一人親方の元、電気工として働いていた。世の中はバブルへと向かっており、建設業界は好況を呈していた。ビルの電気設備の改修工事の折には、狭い天井裏に潜り、そこのコンクリートの天井や鉄骨などに吹き付けられていたアスベストに電気ドリルを突き当てた。

粉塵がもうもうと立ち籠めるなかで、防塵マスクも付けずにせいぜいタオルで口を覆うぐらいで作業をしたものだから、髪の毛の五千分の一の細さだというアスベストの繊維をずいぶんと吸い込んだと思われる。這いつくばって移動するときには、アスベストが擦れて剝がれ落ち、作業着が真っ白になったが、誰もアスベストの危険性など知らされておらず、問題にする者などいなかった。

その挙げ句、茂崎は、アスベストの曝露による病としては、潜伏期間が最も短く、十年以内に発症することもあるといわれる、左右の胸腔に繰り返し水が溜まり、胸膜に炎症が起きる良性石綿胸水（胸膜炎）にたびたび苦しまされるようになり、やがて喘息の大発作も起こし、電気工の仕事が続けられなくなって、療養のため故郷の仙台へ戻った。一人親方だった勤務先では、労災などの補償は受けられなかった。バブルが弾けた後の一九九三年のことで、時を同じくして離婚した身でもあったので生家に寄寓するのも憚られ、学生向けの四畳半のアパートに独居するようになった。

十八で家を出て上京してから働き詰めだった十五年ほどの歳月が霧散して、ずっとこの部屋に引きこもっていたような思いがしきりとしたものだ。強い薬を使っていたせいか、万年床には抜け毛がひどく、鬱情に駆られて、茂崎は頭を自分で虎刈りに丸めてしまったりもした。

その後も入院を重ね、子供たちから引き離されたことや、収入が途絶えたことによる生活苦から鬱を患い、睡眠薬による自殺未遂をしたこともあった。それでも何とか立ち直り、労災病院でアスベストの後遺症の定期検査を喘息の治療とともに受けるようになってからは、胸膜炎の再発も収まり、どうにかこのままであるように、と再婚をした連れ合いとともに茂崎は薄氷を踏むような思いで静かに暮らしてきた。

主治医からきつく禁煙を言い渡されて、両切りのピースを日に二箱は吸っていた煙草もきっぱりと止めた。中皮腫や肺がんなど、アスベストによる病気の潜伏期間の長さを意識しつつも、もう吸い込んでしまって肺に突き刺さったアスベストを体外に排出することはできないのだから、病気の初期発見を目的とする三、四年ごとのCT検査のとき以外は、あまり考えないようにしてきたのだった。

とはいっても、悪夢にアスベストが出てくるのをさえぎることはできない。喉の奥に硬い繊維状の毛が密生して生えてきて、それがからまったような刺激と息苦しさに耐えているうちに呼吸困難に陥って苦しむ夢で、その後に実際に激しく咳き込んで目が覚める。

または、アスベストが吹き付けられたビルの天井裏で一緒に作業していた仲間の電気工が、ビルの屋上でネオン広告灯の修理を行っている最中に、誤って一万二千ボルトの高電圧がかかっているネオン変圧器の二次側の充電部に触れてしまい、電撃のショックで墜落してしまった、という事故死のことを聞かされてからは、身体の不調が続いた果てに、自分が遠く感じられる中で、もはや自殺を自殺とも意識しない、放心の極まった薄笑いの表情で、そろそろと高圧線に手をのばしかけているという、仲間にとも自身の身に起こっていることとも区別のつかぬリアルな体感に茂崎はうなされた。

そして、目覚めた後の胸苦しさの中で、天井裏で一緒に作業をした、茂崎よりも一つ年上だが中卒で働きはじめたので、よほど仕事のキャリアを積んでいたもう一人も、直後に持病の心臓病を悪化させて群馬の故郷に帰り、地元の玩具工場に就職口を見つけたが、肺が原因で心臓が苦しくなるという肺性心で死んだという風の便りが思い出され、いつかお互いに親方の元を離れて独立したときには、また一緒に組んで仕事をしようぜ、と言い合ったことを蘇らせては、あの天井裏にびっしりとアスベストが吹き付けられていた現場で作業をした三人のうち、生き残っているのはおれ一人か、と茂崎は呻くようにつぶやかずにはいられなかった。

おれが死んでおまえが生きているのは理不尽だ、と恨む声も聞こえるようだった。

茂崎が鬱にとらわれて終日枕が上がらないようなときには、その思いに苛まれていることが多かった。二〇〇八年頃までの十五年間、茂崎は抗鬱剤と手が切れることはなかった。

そんな折に「クボタショック」が起こり、とうとう「静かな時限爆弾」といわれていたアスベストが世間に向かって爆発した、と茂崎は思った。だが、むしろそれ以上に、「何をいまさら」という感が拭えなかったのも事実だった。

茂崎が電気工の現場にいながら体調不良に苦しまされていた頃の一九八七年に起きた、全国の小中学校で吹き付けアスベストが見付かったアスベストパニックでも、世間は騒然としたものだったが、喉元を過ぎると熱さを忘れるの譬えどおりに、いつの間にか世間では話題にも上らなくなってしまっていたからだ。あのときに、徹底的な対策と調査を行わなかったツケが回って、事はいっそう深刻な事態に発展していたのだった。

そのいっぽうで茂崎は、二十代半ばの頃から、電気工の仕事の傍ら細々とだが小説を書いて発表するようにもなっており、そこでアスベストを吸い込むような作業の現場を描いたこともあった。現在では、二足の草鞋の片方の作家専業となることを余儀なくされ、十二年ほどかかってどうにか筆一本の生活が成り立つようになったところに起きたクボタショックを受けて、アスベスト禍に遭った経験を取材をまじえてノンフィクションとして書いてもらえないか、という依頼があった。

だが、いまさら自分が何を言うことがあるのだろう、せっかくおとなしく寝ている子を起こすようなことになるのではないか、と乗り気にはなれなかった。連れ合いも、止めたほうがいい、と強くかぶりを振った。

＊

クボタショックを、松谷祐二は入院していた兵庫県の大学病院の病床でテレビを視て知った。

祐二が突然、胸の異常を感じたのは、二〇〇四年の六月で、うなぎやの店を出す話を家族に伝えた京都への家族旅行から数か月しか経たない時期のことだった。胸から背中へかけて五寸釘を打たれたような鋭い痛みとともに、階段や上り坂などで息が切れるようになった。

もともと健康には自信があったので医者にはかからず、修業していた店の仕事を上がった後も、自分の店を出す計画を夜通しあれこれ練ったりと、気忙しくしていたので、少し疲れたんやろ、のんびり温泉にでもつかって温めたらすぐに治るやろ、と休業日に有馬温泉へ行ったりした。

それで胸の痛みはいったん治まりつつあったものの、身体のだるさは依然続き、八月に入ると、胸の痛みもぶり返してとうとう我慢できないほどになり、近所の医院へかかることとなった。

レントゲン写真を診ていた医師に、

――念のために伺いますが、アスベストを扱うような仕事に就いていたことはありますか？

と訊ねられて、いいえ、と祐二はかぶりを振った。

「アスベスト」という言葉すら聞くのも初めてだった。そうですか、とつぶやきながら、医師がカルテの最後に小さく〈中皮腫の疑い有り？〉と記入したことを祐二は知らなかった。

もう少し大きい病院で診たほうがいい、ということになり、県立病院あてに紹介状を書いてもらって、詳しく検査した。最初に診察したのは、若い医師で、肺に膿がたまっている、と診断され、とりあえず胸膜炎という見立てで、抗生物質などの薬が出された。

それでもいっこうに治らないので、主治医を代わってもらい、診察には二人の医師が当たることになった。これがもし中皮腫だとすれば、早期に片肺を摘出する手術を受けるという選択肢があるが、職歴などを見る限り、アスベストとの接点が何も見つからないとあっては、原因が解らないままそうした大きな手術をして良いものなのか、二人の医師も迷いに迷っている様子だった。「決断するのが恐い」という言葉を、病状の説明を受けた兄の智は聞かされた。

結局、肺癌か中皮腫かが疑われはするが、診断の結論が出ないまま、痛みを抑えるための治療を行っただけで、数か月間という時が過ぎていった。その間も病状は悪くなる一方で、しまいには「もう自信が無い」と医師から匙を投げられた祐二は、年が明けた頃に、母親や兄の智の勧めを受けていたものの渋っていた大学病院へ行くことを決意した。

入院して検査した結果、初めて「中皮腫」とはっきり診断され、ここでもアスベストとの接点を医師に問われたが、祐二も、家族の誰一人も、そんな記憶ないです、そんな悪いもんどこで吸ったんやろ、と腑に落ちない思いで、首を傾げるしかなかった。

——何やろな、何やろな。この病気は、ほぼ一〇〇％アスベストが原因なんや。何か、必ずどこかで吸ってるはずなんやけど。

と、何件も中皮腫の患者を診ているとおぼしい医師も首を傾げた。

中皮腫ってなんやろう、何で自分が、と祐二はつぶやいた。そのときはまだ、病院の中を走り回れる状態で、こっちの病院のほうがきれいでええわ、まあ、ゆっくり休むわ、とはしゃいでいるようにも、智には映った。

色々と手を尽くして治療が試みられたが、結果はもう手遅れで、余命半年から一年と宣告された。「もう少し早くから分かっていれば手の尽くしようがあった」と言われたときは、家族は以前にかかっていた病院の医師たちを怨みたくなった。

何回か入退院を繰り返しているうちに、医師の言葉どおりに、祐二はどんどん痩せてきて、病状が悪くなってきた。寝たきりとなり、面変わりして、すっかり年寄りのようになってしまった。

クボタの発表があったのは、そんな折のことだった。関西では、二〇〇五年六月二十九日の夕刊に、〈10年で51人死亡　アスベスト関連病で　クボタが開示〉が一面のトップに、社会面のトップには〈住民5人も中皮腫　見舞金検討、2人は死亡〉という見出しが付いたスクープ記事が掲載された。

長い歳月を経てあらわとなった遅れてきた公害ともいうべき、クボタの旧神崎工場で使用していたアスベストによる周辺住民への被害の状況が徐々に分かるにつれて、家族は、医師の責任ではないと思うようになった。ことの成り行きが、いっぺんに瞭《あきら》かとなり、クボタや国に対して、アスベストの害のことを、なぜいままで隠しとったんや、もっと早く知らせてくれていたら、祐二にもっと適切な治療を受けさせられたのに、という無念の矛先が向かった。

母親は、団地のベランダで洗濯物を干しているときに、丸見えのクボタを見ていると、「これでもってうちの子がやられたんや」と悔しくて、どうしても我慢が出来なくなり、一人で杖を突いて、クボタの正門へ出向いて行った。どうやったら我が子の病気が治るのかを訊ねたい一心だったが、とにかく社長に会わせてや、そんなん会わされん、と押し問答になり、若い社員からは、金でもせびりにきたんか、と冷たくあしらわれた。次には智も同行したが、同じことだった。

中皮腫が手遅れであることは、最期まで祐二には匿《かく》された。それでも、クボタショック以降盛んにテレビで報道されるようになったのを、大部屋のテレビで目にしているようなので、ちょっとまずいんちゃうかな、と思っているように、見舞いに行った智は感じるときがあった。同じ病気で入院しているらしい同室の者もいた。

それにしても、自分のほうが、結婚してからもあの並びの市営団地に住んでいたりして、クボタの工場の近くにいてアスベストを吸い込むことも多かったはずなのに、なぜ病弱な自分ではなくて、より活発だった弟が発病してしまったのだろう、という謎のような思いが沸くと、これから自分も発症するのではないか、という恐れが拭えなかった。

母親は、五階でもええわ、ええ空気や、ええ風が入るわ、と親子で喜んで深呼吸していたのが、すぐ隣のクボタの工場から飛散していた猛毒のアスベストを吸っていたと知り、子供たちには苦労をさせたくないと頑張って育ててきて、三十年も経った今頃になってこんなに悲しい思いをするとは思っていなかった、あの団地に越してさえ来なかったら、と心の中で祐二に詫びた。

そして母親もまた、同じようにアスベストを吸ってきたはずなのに、肺病病みで片肺しかない自分ではなく、よりにもよって健康だった息子が発病したことが理不尽だと思い、自分はもう十分生きたのだから、いつ死んでもいい、身代わりになりますから、息子をどうか助けてください、と念じずにはいられなかった。

クボタショックを挟んでの入院が二か月と少しになった頃、

――お母さん、もう手遅れでだめですよ。退院してもらいますからね。

――そんな……。あんな弱っている子を退院させてどうするんですか。

――今はもう、部屋もないし。ベッドが空くのを待っている人がいるんやから。

というやりとりが病院側と母親にあり、転院を促された。

もう手遅れの子が、トイレに行くのにも倒れて、目は紫色に腫れている。頭もパンパンに腫れている。それを何も治療してくれない。母親は病院の事務局に怒鳴り込んでいこうか、とも思った。けれども、駄目だということを分かって看護をやってくれているのだから、私がそんなことをして、厄介やからあの子にはもうなんもやらずに触らずにしとけ、ということになったら、可哀想なのは、惨めなのはあの子だ、と思い、母親は我慢した。

数日後、転院先に決まったという病院の師長から、

——今すぐ迎えに行きます。大学病院から連絡がありましたから。

と自宅にいた母親に連絡が入った。

——ちょっと待ってください。もう目を開けることもできない、受話器を持つこともできない子やから、携帯電話を枕元に置いています。そこにかけてくれませんか。そして、本人に訊いてみてください。

と母親は懇願した。

すぐに、病床の祐二に電話がかかってきた。祐二は息が苦しいので師長と少しだけ話して、もう入院はせえへん、と答えた。そのことはすぐに母親に伝えられた。

大部屋にいる患者同士では、おれはあそこの病院に行けって言われた、あそこの病

院に行ったらもう終わりや、今度はおれの行く番や、といった会話が交わされていたので、祐二は転院にはこだわっていた。

——祐坊、お母さんが看てやっからな。頑張ろうな。病気に負けたらあかんねんで。弱気だしたらあかんで。

と母親は励まして、祐二のマンションに一緒に寝泊まりして看病することにした。

一時退院したものの、痛み止めなどの薬をもらうためには大学病院に通院しなければならず、その度に母親は付き添って行った。車を運転している祐二は、ときおり痛みで意識が遠くなることがあったから、土手に落ちるか、どこかにぶつかるのではないか、と母親は思い、「もうこれが最後や」と死ぬ覚悟で乗っていた。病院まで何とか辿り着くと、祐二はすぐに待合室のベッドで横になった。

真面目で、人に喜ばれることを自分の身を削ってする性格であり、人の前でそんなだらしないことをする子ではないことを誰よりも知っているだけに、母親は不憫でならなかった。そして、診察室まで行くのに倒れたり、駐車場で倒れたりするのを、母親はつらい思いで見ているしかなかった。

三回目の通院の帰りに、母ちゃん、俺ちょっと休むわ、と通りの脇のほうで邪魔にならないように車を停めて休んでいた祐二は、

――母ちゃん、大学病院行くのやめるわ。怖いから行かれへん。

と母親に言った。

入院中に一度だけ、母ちゃん俺、自殺しようか、と祐二が言ったことがあった。そのときには、何言ってんの、あんたは。病気に負けたらあかんねんで。頑張んねんで、と言って怒ったが、マンションの隣の部屋に寝てつきっきりで看病しているときに母親は、しばしばそのことを思い出しては、我が子が寝ている部屋を毎晩そっと見にいった。アスベストの被害者には自殺する人が多い、とクボタショック以後スクラップするようにしていた記事に見かけたことを母親は覚えていた。十一階建てなので、飛び降りたらお終いだった。

そうしているうちに、今度は母親のほうが、昼も夜も寝られないようになってしまい、先に死ぬのがどちらか分からないぐらい窶《やつ》れてしまった。祐二は、夜中に枕を抱えて部屋をうろうろと歩き回った。

――祐坊、どないしたん。痛いんか。

と母親が聞くと、

――痛い。痛いねん。

と枕を抱えて立ったまま祐二が言う。

——どこが痛いんや。母ちゃんだって肺病抱えとって、肺のことよく分かってるから、横になろう。

——母ちゃんなんか言うたかて、俺の痛みがわからへんねん。普通の結核とは違うねん。これはアスベストの人にしか分からへん肺に針が刺さるような痛さなんや。だから母ちゃん、悪いけど何も言わんといてくれ。

母親が何か言うと、それに答えるために話さなければならず、それで呼吸が苦しくなる。母親は、ただ黙って枕を抱えて苦しんでいる我が子の姿を見ているしかなかった。

そんな状態が続き、母親は祐二が寝ている部屋の入り口に布団を敷いて寝るようになった。一週間ほど経って、

——母ちゃん、俺、入院するわ。病院に電話して。

と祐二が言ってきた。母ちゃんを家に帰さな、母ちゃんが死んでしまうわ、と心優しいこの子は思ったのだろう、と母親は察した。

*

クボタショックが引き金となって、アスベスト問題に関連しての様々な報道がされるようになると、さすがに茂崎も無関心ではいられなくなった。

たとえば、その頃視た関西で制作されたテレビのドキュメントに、三十五年ものあいだ、ビルの天井や壁などの内装をしてきた六十八歳の職人が、突然十年前に現場で倒れ、アスベストを大量に吸い込んだことによる石綿肺だと診断されて、労災を受けようと長年付き合いのあった元請けの大手建設会社を訪れるが、うちの責任ではない、と承認を断られるというものがあった。

その職人は、大工に憧れ、苦しい下積みを経て二十二歳で一人前となって一人親方になり、広島、神戸、大阪と転々としながら腕を磨いた。大手建設会社からは、うちの現場でアスベストを吸った証拠はないでしょう、よそで吸ったんじゃないですか、と門前払いを受け、ほかの建設会社を訪ねても同じ答えがかえってくるばかりで、職人としてのプライドは大きく傷つけられて、生活にも困り、自殺まで考える。

そして、茂崎にとってもっとも強く印象に刻まれたのが、職人は元請けの建設会社を訴えようと、弁護士に相談するものの、記憶の中で粉塵がひどかったというのが、アスベストの粉塵がひどかったのか、アスベスト以外の粉塵も含めてひどかったのかということになると、区別がつかんでしょう、と弁護士に訊かれて、これぱかりは経験してる人じゃないとね、ちょっと……、と言い淀むシーンだった。

茂崎が、天井裏のように密閉されていた空間で、かなりの高濃度のアスベストを吸ってしまった経験からすると、吸った直後から、土埃はもちろんのこと、同じ綿状の繊維でも家屋の断熱材に使うグラスウールを吸ったときなどと明確にちがう感じがしたものだった。

グラスウールは、喘息を引き起こすことはあるけれども、すぐに喉をガーッと鳴らして痰とともに唾を吐くようにすれば、喉に引っかかった違和感はある程度取れる。だが、アスベストの現場の場合は、そうしてもいっこうに取れる感じがせずに、グラスウールよりも細かい物がもっと喉の奥深くへと入り込んで絡まってしまったような感触がするのだった。

そうした現場の後は、咳や痰がなかなか収まらなかったり、身体のだるさが抜けなかったりして、もしかするとヤバイ現場だったんじゃないか、と職人たちで言い合った。職人たちのあいだでは、そこで仕事をすると、急病人が続出したり、作業用のエレベーターから転落死するといった、思ってもみない事故が起きたりすることが多い現場のことを、ヤバイ現場と呼んで、ひそかに噂されることがあった。

茂崎が現場でよく一緒になった一人親方の大工も、いまとなってはアスベストが含有していたことが明らかとなり使用禁止となった外壁用の窯業系サイディングや、軒天井のけい酸カルシウム板、内装材のスレートボードなどを、ちびた煙草をくわえながら、しょっちゅう電気鋸で切断していたものだった。よく咳き込んでいたその大工も肺癌ですでに亡くなっていたが、アスベストによるものだったのではないか、という疑いを茂崎はいまだに拭えずにいた。

長年吸っていた煙草による肺癌だと片付けられたようだが、疫学調査によると、煙草も吸わずアスベストも吸ったことがない人の肺癌になる確率を一とすると、アスベストは吸わず煙草を吸う人は十倍で、これに対して、アスベストを吸ったが煙草は吸わない人は五倍、そして両方吸った人は五十三倍にもなる、と茂崎はかつて禁煙を言い渡されたときに主治医から教えられたことがあったからだ。

そんなことを蘇らせながら、口よりも先に手をうごかせ、理屈は言うな、仕事は見て覚えろが常識で、言葉による説明が苦手な、親方をはじめとした職人たちのことを茂崎は思った。

一緒にテレビの映像を視ていた連れ合いは、番組中に、職人が続けて咳をするのを聞いて、あ、皓二とおんなじだ、とつぶやいた。茂崎が彼女と知り合った頃、書店などで待ち合わせをすると、向こうから〝咳〟が近づいてくるので、やってくるのがわかった、と彼女はよく言っていた。

茂崎皓二が松谷祐二の姿に初めて接したのも、クボタショック後に、これまでアスベスト問題を取り上げてこなかった罪滅ぼしをするかのように競い合って制作されたテレビのドキュメント番組でだった。

冒頭は、中皮腫に冒され病院で危篤状態に陥っている祐二の元へ、兄の智が駆け付けるシーンで始まっており、それだけでも直視するのはつらいものがあったが、目を背けてはならない、と茂崎は自分に言い聞かせた。

画面は、緑色の紐の酸素マスクを付けて喘いでいる祐二の顔のアップに、

松谷さんは、アスベストを扱う仕事に就いたことはありませんでした。

という女性ナレーターの声が被さった後、自宅らしい場所で数枚の賞状を掲げてみせる、坊主頭でくりくりっとした目が印象的な少年時代の祐二とおぼしい写真へと切り替わった。そして、

松谷さんが一九七〇年、中学一年生のときに住んでいた団地のベランダで撮った写真です。

との説明とともに、写真の背景がいくぶんボケ気味ながらクローズアップされ、

後ろには、水道管を製造していたクボタの工場が写っています。当時クボタの工場では、大量にアスベストを使って水道管を製造していました。松谷さんはこの工場で使っていたアスベストを吸い込んだとみられています。

と続けられた。

ドキュメントで、国やクボタがアスベストの危険性を三十年以上前に認識していたにもかかわらず、クボタショックが起きるまで、そのことが周辺住民にまったく知らされていなかったことに、

憤りだけは、感じますよね。ほんまに。何でこんなとこまで放ったらかして、黙っているかっていう。アスベストが原因の病気、もうちょっとみんな考えてほしいね。近い将来、えらいことになりますよ。

と、酸素マスクを付けたままながら、まだ辛うじてベッドに起き上がって言葉を発することができていた祐二が語る。

抗癌剤のためか頭髪は抜け落ち、その目尻から涙が伝っていた。それを受けて、アスベスト問題がなぜ放置されたのかを、日本のアスベスト輸入量が年間およそ三十万トンに上っていた一九七〇年代当時の労働省の役人やクボタの社員、クボタと技術提携の契約を結んでいた世界最大のアスベスト企業であり、一九八二年に巨額の賠償を

抱えて倒産したアメリカのジョンズ・マンビル社の元社員などへの取材を通して探っていった。

一九七五年、マンビル社は、労働者や周辺住民からアスベストによる健康被害の責任を追及されて訴訟が相次いでいた。そのさなか、クボタは社員をマンビル社に派遣して情報を集めていたという。当時、クボタはすでに工場周辺の住民に被害が及ぶと懸念していたのではないか。それから三十年経って、クボタの旧神崎工場でも周辺の住民にまで被害が広がっていることが明らかになり、被害者団体が専門家に調査を依頼した結果、工場を中心とした半径およそ一・五キロの範囲で、中皮腫を発病した人は九九人にのぼり、世界にも例の無い被害となった。だが、国もクボタも、住民たちが被害を訴えるまで、工場周辺で被害が出ることを予測できなかった、とする主張を崩さなかった。

さらに、

一九七五年、国はアスベストの発がん性を認めた上で、禁止ではなく、法律で厳しく管理して使用することにしました。いわゆる管理使用です。国は集塵機の設置や防塵マスクの着用を事業者に義務づけることで、労働者がアスベストを大量に吸い込まないように管理できるとしてきました。しかし実際には、一九八〇年代から建設業に

たずさわる人たちの間に深刻な被害が広がっていたのです。

と、自分にも身に覚えのある建設労働者への被害についても触れられると、茂崎はいつしか身を乗り出して画面を注視することとなった。

管理使用が行われていたとはいうが、じっさいに茂崎が体験した建設現場では、集塵機の設置や防塵マスクの着用を義務づけられたことはなく、ふつうのマスクを付けるのさえも息苦しくなるので、職人たちはみな、せいぜいタオルで口を覆って埃などを吸い込まないようにするだけだった。

なぜ実態にそぐわない管理使用とすることにしたのかを訊こうと、番組のスタッフが現在の厚生労働省にインタビューを申し込むが、応じられない、という回答が返ってくる。代わりに、一九八六年に労働省の安全衛生部長だったという人から話を聞くことができた。元役人は、アスベストの管理使用は、労働省だけではなく政府全体で決めた方針だといい、

石綿が便利な物質なんですね、社会生活の中で。だから有害性は認めるけれども、石綿を使用禁止にすると、ほかのところで、じっさいにこれまで使っていたところで非常に困る。上手に使いましょうというスタンスですね、そこで管理使用という考え方になった。

と弁明する。

欧米諸国では、アスベストによる健康被害が社会問題となったことが背景となり、すでに一九七〇年代にアスベストの消費量を急激に減らした。だが、日本では、一九八〇年代になっても依然大量のアスベストを使い続け、さらにバブル経済が拍車をかけた。一九八六年に開かれたＩＬＯ（国際労働機関）の総会では、北欧の各国から、アスベストの使用を原則として禁止すべきだという提案があった。だが、日本は、反対の立場を取り続けたのだった。

そして、一九八六年以降、バブル経済の中で、日本のアスベスト輸入量は急増し、アスベストを使った建材は、その後も二十年近くにわたり国内中に送り出されることとなった。一九八六年に輸入されたアスベストの五分の一を使用していたのはクボタで、アスベストの中でも毒性の強い青石綿を使用した水道管の製造はすでにやめていたが、ほかのアスベストを使った住宅用の建材は引き続き作っていた。電気工をしていた一九八〇年代に、役所の仕事を受注したさいに、提出しなければならない仕様書に何百回とクボタの前社名の「久保田鉄工」という名を記入し、また建築図面にもその名前をよく見かけたことを茂崎は思い返した。「クボタ」に社名変更されたのは、一九九〇年の創業百周年に伴ってのことだった。

そんな建築ブームに沸き返るさなか、国とともに、クボタは秘かに幹部をニューヨークに派遣していた。幹部が訪ねたのはアスベスト研究の世界的権威セリコフ博士で、博士は、

このままアスベストを使い続ければ、日本はアメリカと同じような悲惨な道を辿る。

と警告した。そして、管理使用は可能か、というクボタの幹部の問いかけには、

なるべく使わないほうがよい。

と博士は答えたという。その意味するところは、

おそらく、人間はアスベストを管理使用することは可能ではある。しかし、人間はそこまでアスベストを安全に使っていけるほど利口ではない。

だった。

だが、セリコフ博士と面会した後も、クボタのアスベスト使用量は増加を続け、バブルの絶頂期に近付いていた一九八八年のアスベスト使用量は過去最大を記録した。国がアスベスト使用の原則禁止に踏み切ったのは二〇〇四年、製品の代替化が進み、年間の輸入量が一万トンを切った後のことであり、結局、管理使用は三十年にわたって続けられた。

そのことを弁明した先の元役人が、もったいぶった口調でカメラに向かってこう言

い放ったのを茂崎は聞き逃すことが出来なかった。

管理使用に誤りはなかった。結局、有害性は認めると。しかし、それを使うときの注意で、被害はできるだけ少なくしようと。本来は被害をゼロにすることがいちばんいいわけですけれど。まあ、有害な物質を使う場合には、ある程度は被害が出てもやむを得ないと。薬の副作用とまったく同じですよね。考え方は。

茂崎は、アスベストの有害性を知らされることもなく、その被害に苦しんでいることを、薬の副作用と同じにされた松谷祐二が、息も絶え絶えに、

今ごろ国がどうやこうや言って。……早めに情報出したらええのに、……悪質なところを感じます。……もうちょっと、……考えてもらいたいです。……勝手すぎますわ。……何をするにも遅いし。……日本の国に憤りを感じます。

と、強い怒りと無念さを滲ませながら口にしている表情に、忘れかけていたかつてのあの声、

——おれが死んでおまえが生きているのは理不尽だ。

が、ふたたび自分に投げつけられている思いとなった。

中皮腫の末期の症状は、痛みに加えて、万力で胸が押し潰されるようだったり、水中で息が出来ないような苦しさだと、茂崎は医師から説明を受けたことがあった。

うなぎ職人だった松谷祐二は、自分の店を持つ夢が実現する直前に発病し、それが叶わないまま、「悔しい、無念や」との言葉を最期に遺して、二〇〇五年九月二十日に亡くなった。まだ四十八歳だった。危篤となるまで、最後まで生きる希望を捨てず、死の二日前には、ずっと密着して取材していたテレビのスタッフのカメラを触らせてもらい、取材中に初めて、にこーっと笑みを浮かべたという。

＊

二〇二〇年九月二十六日、茂崎皓二は尼崎を訪れていた。口には不織布のマスクを当然ながら着けている。

クボタショックから十五年となる区切りの年を迎えて、患者や研究者らが集会を開くこととなり、二〇〇七年二月にアスベスト禍のノンフィクションを出版している茂崎も短い話をもとめられることになった。

本来は、クボタショックが起きた日に合わせて、六月末に行われる予定だったが、新型コロナウイルスの感染拡大を受けて延期されていた。感染はまだ収束しているとはいえないが、この状況の中で、アスベストの被害のことがますます世間から忘れ去られてしまうことに強い危惧を抱いた主催者側の強い要望で、出来る限りの感染対策を施した上での開催が決まり、茂崎も仙台から駆け付けた。

前日の新型コロナウイルス感染者数は全国で五七六人、東京は一九五人、大阪は六二人、尼崎市がある兵庫県は一二人、茂崎が住む宮城県は二人と、八月七日がピークだった感染者数は減少に転じたが、その傾向に鈍化が見られる、という動向だった。

阪神の尼崎駅近くの会場で午後一時から開かれる集会に出る前に、前泊した茂崎はいつものように、松谷祐二が少年時代に住んでいたJR尼崎駅近くのクボタに隣接した団地の周辺を歩いてみることにした。

テレビで目にした祐二の無念の表情に背中を押されるようにして、アスベスト禍をテーマとしたノンフィクションを書く決心をした茂崎は、二〇〇六年に初めてJRの尼崎駅に降り立った。そして、二〇〇七年にノンフィクションを出版した後も、アスベストをテーマにした連作小説の取材のために尼崎詣でを続け、二〇一一年三月に祐二の兄の智さんに話を聞いて仙台に戻った直後には、東日本大震災に見舞われた。

しばらくは、連作小説を執筆するよりも、その後始末を優先させないわけにはいかず、八年のブランクを置いて二〇一九年十一月にひさしぶりに再訪し、智さんとも再会して、連絡と小説の執筆が滞っていたことを謝した。今回は、それ以来の尼崎となる。

松谷祐二が、もう少しでうなぎやを開けるまでに至った経緯は、話を聞いたり、絵が上手な智さんが祐二の生涯をカラーのイラストふうの絵で再現しているのも参考にして描くことができたが、その直後に中皮腫を発病してから無念の死を遂げるまでのことを改めて再現させるには、茂崎にとって、長い心の準備と覚悟がどうしても必要だった。

震災でもまた、死んだ者と生き残った者との間に、理不尽さが生まれた。そこでは、何をどう書いても、生き残った者の言葉は軽く浮いてしまうことを避けられない。震災後の日々の中で生き心地がしっかりとついていないというように、自ら命を絶ってしまった者や、無理をして命を縮めてしまったと見える者が、茂崎の親族や知人たちにも相次いだ。

その後をさらにコロナ禍が襲った。

ＪＲの尼崎駅の改札を出て、ペデストリアンデッキのある北側ロータリーへ向かうと、駅前にはホテルや洒落たテナントビル、高層住宅が建ち並んでいる。街路樹の植え込みのある道はすっかり馴染みとなっていた。コロナの影響か、人通りは、いつもよりも少ないように感じられた。

最初に冬に訪れたとき、樹木が好きな茂崎は、東北では見かけない樹木だと思いながら、取り付けられたネームプレートをみて、「これがナンキンハゼか」と見遣ったものだった。葉を落としている時季で、ぼうっと白い花が咲いているように見えるのに気付いて根元に近付いてみると、ほうぼうに広卵形の三個の種子を付けており、表面の蠟《ろう》のようなものでおおわれているところに薄日が当たって、微かに光っていた。

秋のいまは、ナンキンハゼは黒みを帯び少し三角がかった実を付け、菱形で先は尾状にとがった葉が紅葉しはじめていた。葉柄が長いので、微風にも葉が揺れて葉裏も美しい。茂崎はそれを儚いもののように眺めた。人通りが無いことを確認してから、マスクを顎まで下げて、直接深呼吸した。

茂崎がナンキンハゼの名を知ったのは、関西のサラリーマン家庭の生活と、そこにひそんでいる危機を描いた庄野潤三の小説「プールサイド小景」を中学生のときに読んだのがきっかけだった。ちょうど同じ頃、三歳年上の松谷祐二も体操部の部活の帰りなどに、〈南京ハゼの葉が空に残った夕映えの最後の光輝を受けて、不思議な緑色をしている〉と小説に描かれたナンキンハゼの葉に目を留めることがあっただろうか、と思いを寄せた。

アスベストを吸ったのが、職場なのか、環境なのか、というちがいはあるにせよ、智さんの思い出話を聞いたり、描いた絵を眺めていると、茂崎も屋根の上にのぼって広瀬川やその向こうに蔵王の青い山々を眺めるのが好きな少年であり、それはもっぱら趣味の無線のアンテナを張り巡らせるためだったが、親からは瓦がずれるからと嫌がられたことが振り返られ、よく遊んだ原っぱの隅には、やはり土管が積み上げられてあって、中に入って雨宿りしたり、上にのぼって鬼ごっこをしたりした子供の頃が蘇る心地となった。

日本の高度経済成長が始まった時期に、次男として生を享け、やんちゃな少年時代を送って、高校卒業とともに家を出て自活し、職人の仕事に入る——よく似た人生を歩んだ祐二の姿が、茂崎には近しく想像することができた。それとともに、共通点があればあるほど、おまえが死んでおれが生きているのはどういうことなのだろう、という胡乱《うろん》な思いにとらわれた。そうして、いつしか茂崎の裡に、うなぎやの大将が棲み着くようになったのだった。

やがて大きな通りにぶつかった。

大型トラックが目立つ大通りの信号が変わるのを待って渡ると、右手すぐに、かつてクボタの旧神崎工場があった場所、現在の「クボタ本社阪神事務所」があらわれる。線路を挟んだ向かいには、アスベストによる健康被害がともに問題となっているヤンマーの工場が見える。

きれいに整備され、真新しい建物に替わった工場には、昭和三十、四十年代の高度経済成長に沸き立つ中で、人知れず静かに積もっていた猛毒のアスベストの面影を思わせるものは、平成から令和となったいまでは何も見当たらない。

昭和四十年代というと、仙台で育った茂崎にも忘れられない公害の光景があった。それは、生家近くの鯨などからゼラチンを製造していた化学工場の廃水によって、広瀬川に何百何千という鮎やオイカワなどの魚が大量死して浮かび上がったありさまだった。小学生だった茂崎は、友だちと死んだ魚を手づかみで拾っては、夕飯の魚になると持ち帰ったが、とても油臭くて食べられたものではなかった。工場は移転し、広瀬川も清流をずいぶんと取り戻していた。そして、工場の跡地には、いまは東日本大震災で津波に罹災した人々のための復興住宅が建っていた。

クボタの敷地の東端の塀に沿って右に折れると、そこには茂崎が電気工だったときに、修繕工事で足を運んだのと似たような団地の建物が立ち並んでいる。裏庭は、一坪ほどずつに区切られて、居住者たちがめいめい自分の庭にしている。草花を植えている庭、小さな樹木の庭、家庭菜園……。今の時季になっているので橙《だいだい》というべきか、夏みかんの実もなっていた。そういえば、花梨、柿、栗、銀杏など、団地ごとにうまい果実の樹があって、親方と一緒に、工事の合間にそれらを失敬するのが愉しみだったことを思い出し、茂崎は微笑まされた。

クボタの通用門があったところに一番近い団地の庭のそばまで来て、祐二の母親がここでも、トマトやキュウリ、なすびなどや花を丹精していたという家庭菜園の名残りを茂崎は探る思いとなった。祐二が亡くなってからも、一戸建てに引っ越した智が和室を準備していたにもかかわらず、祐二の仏壇を置いて団地での一人暮らしを続けた母親は、最後は近くの団地の一階に移り、二〇一六年に亡くなった、と智さんから知らされた。工場があったクボタも、きれいなところになったなあ、と思っていたところに、クボタショックが起きた、とも母親は振り返っていたものだった。

二〇〇七年には、茂崎も定期的に受けている肺のCT検査で、アスベストを吸い込んだ動かぬ証拠の胸膜肥厚斑が見つかったが、大事には至らずここまでは来た。常に胸の内を探っているような思いがあり、そのたびに祐二のまなざしを感じつづけた。

それにしても、アスベストを飛散させていた工場のほんとうにこんな近くに住んでいたんだものな。祐二、さしずめおまえは、いまのコロナ禍の状況にあっても、ウイルスの危険性を知らされず、マスクも与えられずにいたようなものだったんだな、とマスク姿の茂崎は改めて感じ入った。茂崎が、アスベスト禍のノンフィクションの取材で、最も有毒な青石綿のアスベスト除去工事の現場を体験したときには、東日本大震災で事故を起こした福島第一原子力発電所の廃炉作業にあたっている作業員のような防護服に身を包み、口の両脇に大きなフィルターの付いた全面マスクを装着しなければならなかった。本来であれば、ここまで物物しく対策を施した上で作業を行わなければならないのに、二十年前にはまるで無防備だったことへの恐怖が、遅れて襲ってきたものだった。

この十五年の歳月の間には、尼崎のクボタの旧神崎工場周辺で中皮腫に罹患したとして、クボタショックの幕開けとなった記者会見をおこなった三人の被害者もすでに他界していた。クボタショックの前までは、中皮腫は一〇〇万人に一人罹る珍しい病気だといわれており、診断できる医師も限られていた。日本全体の二〇一七年の中皮腫の死亡者数は一五五五人を数え、当地での環境被害による中皮腫の死者・患者数は、患者支援団体がクボタに確認した書類によれば、二〇二〇年六月の時点で三五六名に上っている。

＊

大将の白焼きは、どちらかというと、皮側よりも身側のほうを焼く時間が長いようだ。

串を七本、斜めに末広がりに打っているのは、身くずれを防ぐためだろうが、腕っぷしが強ければ、集まっているほうの端を片手だけでつかむこともできる。そうやって、いくぶん焦げ目の付いたうなぎを脇の甕《かめ》に入ったタレにしっかりと浸す。ときおり団扇で扇ぐたびに、タレと鰻のうまみが炭に落ちて、香ばしいにおいが煙となって立ち上る。これだけで飯が食えそうだ、と鼻をひくつかせる。

関東暮らしで食べ慣れている江戸焼きのうなぎは背開きで、素焼きにした後、蒸してからタレを塗って焼き上げる。それは客席からは見えない調理場で行われることが多く、しばし待たされてから重箱に入った蒲焼が運ばれてくることがほとんどだ。

いっぽう、関西焼きのこの店では、カウンターに座れば、大将が生け簀《す》から取り出した生きたうなぎを目打ちで固定して、身をくねらせるのを腹開きに捌くところから、串打ち、焼きまでのすべての工程を黙々とこなしていくのを眼前にすることができるのが愉しい。

大将が、高校生のときに『それぞれの秋』を毎週夢中になって視ていたのは、主人公の妹役の高沢順子みたいな子が好みだったせいもあるんじゃないのか、と睨んでいるが、それとも、そんな妹が欲しいと思った口かもしれない、などと想像しながら……。

五十を前にして独立し、店を持った大将によれば、うなぎ職人には、串打ち三年、割き八年、焼き一生、なる言葉があるという。

焼き一生――。

十五年間待ち続けた鰻重はまだ来ない。

あとがき

かねてから私は、アスベスト（石綿）をテーマとした短篇集を創りたいと願ってきた。

その前に、アスベスト禍を追ったノンフィクションとして発表した『石の肺』は、自身の体験と関係者への取材による事実の記録を心がけた。いっぽう、本書『アスベストトス』は、取材での見聞から喚起されたフィクションとして読んでいただければさいわいである。

四篇を書き上げるのに十三年を費やすこととなったが、そのことも、曝露してから被害が現れるまで長い歳月がかかるアスベストの反映であるように、いまは思えている。

本書に繋がった取材のさいに貴重な話を伺った故上原長吉氏、茂田克格氏、武澤泰氏には、ここに名前を誌して特に感謝申し上げます。

二〇二一年九月　秋雨の日に

佐伯一麦

初出
「せき」　「文學界」２００８年２月号
「らしゃかきぐさ」　「文學界」２００９年３月号
「あまもり」　「文學界」２０１０年８月号
（「細かい不幸」を改題）
「うなぎや」　「文學界」２０２１年８月号

装画　加藤智哉「屋根兎」
装丁　中川真吾

佐伯一麦

一九五九年、宮城県仙台市生れ。仙台第一高校卒。雑誌記者、電気工など様々な職に就きながら、一九八四年「木を接ぐ」で海燕新人文学賞を受賞する。一九九〇年『ショート・サーキット』で野間文芸新人賞、一九九一年『ア・ルース・ボーイ』で三島由紀夫賞、一九九七年『遠き山に日は落ちて』で木山捷平賞、二〇〇四年『鉄塔家族』で大佛次郎賞、二〇〇七年『ノルゲ　Norge』で野間文芸賞、二〇一四年『還れぬ家』で毎日芸術賞、『渡良瀬』で伊藤整賞、二〇二〇年『山海記』で芸術選奨を、それぞれ受賞。他に『雛の棲家』『一輪』『木の一族』『石の肺』『ピロティ』『誰かがそれを』『麦主義者の小説論』『空にみずうみ』『光の闇』など著書多数。

アスベストス

二〇二一年十二月十日　第一刷発行

著　者　佐伯一麦《さえきかずみ》
発行者　大川繁樹
発行所　株式会社　文藝春秋
〒一〇二-八〇〇八
東京都千代田区紀尾井町三番二十三号
電話　〇三-三二六五-一二一一

印刷・製本所　図書印刷
DTP制作　エヴリ・シンク

ISBN978-4-16-391479-4